다
없어져
버렸으면

바람의아이들

다
없어져
버렸으면

미카엘 올리비에 지음 | 윤예니 옮김

바람의아이들

살아있는 것만으로 그는 행복했다.

『거지들과 오만한 자들』, 알베르 코세리

말을 받아치는 재주가 있었으면 좋겠다. 필요한 순간에 바로 망설이지 않고 할 말을 하고, 더듬지 않고 꼭 들어맞는 말을 찾아낼 수 있다면, 차분하게, 적절하게, 재치 있게 상대의 말문을 막아 입을 닥치게 할 수 있다면 좋겠다.

이런 일을 아주 잘하는 사람들이 있다. 난 아니다.

나는 얼굴이 빨개져 짜증을 내고 토라진다. 십 분 뒤, 한 시간 뒤, 심지어 이튿날이 돼서야 끝내주는 대답이 갑자기 저절로 떠오른다. 언제나 너무 늦다. 멍청이, 덜떨어진 자식, 모자란 놈, 웃음거리라는 생각이 들 때, 상황을 다시 그려 보며 대담하고 강한 내 모습을 상상하고, 멋진 역할을 맡아 대사를 다시 써 보는 일밖에 할 수 없을 때, 후회만 남아 있을 때에야 말이다.

목욕물이 너무 뜨거워 견딜 수 없을 지경이다. 하지만 기분은 좋다. 꼭 어렸을 때 같다. 벌써 오래전 일이다. 열대지방에서 살 때는 샤워를 하는 습관이 있었다. 그곳에서 그건 나의 사치였다. 그 정도로 언제나 너무 더웠던 것이다. 씻고 나면 더 덥고, 수도꼭지를 잠그자마자 땀범벅이 돼 버리기는 했지만, 적어도 하루에 다섯 번은 샤워를 했다.

여기 살 때, 그러니까 본토에서는 어렸을 적에 일요일 아침이면 목욕물을 받아서, 바구니 깊숙이 넣고는 잊어버린 사과 껍질처럼 피부가 쭈글쭈글해질 때까지 욕조 안에 들어가 있곤 했다. 그 속에서 상상을 했다. 비누 거품은 빙산이 되었고, 내 무릎은 화산섬으로 변했으며, 성기는 네스 호의 괴물이 되어 이따금씩 수면 위로 코를 내밀었다. 머리를 뒤로 젖히고, 엄지와 검지로 코를 막으며 잠수대회를 열기도 했다. 이렇게 죽을 수도 있는지 계속 생각해 보기도 했다. 머리를 물속에 넣고 있으려다가 욕조 안에서 익사할 수도 있을까?

그때처럼 오늘 아침 내 몸은 발만 빼고 거의 다 물에 잠겨 있다. 발은 차가운 타일벽에 기대 놓아야 한다. 욕조 속에 담그기에는 이제 다리가 너무 길어졌기 때문이다. 단점만 있는 것은 아니다. 물이 식기 시작하면 발가락으로 수도꼭지를 조절해서 더운물을 틀 수 있으니까.

얼굴 중에서 코와 눈만 물 밖으로 나와 있다. 내 숨은 진공상태로 나온 우주 비행사의 숨처럼 내 안에서 울린다. 또 심장 뛰는 소리를 들으면서, 엄마 배 속에 있었을 때는 세상이란 것은 먼 데서

들리면서도 뚜렷한 바깥 소음과 좀더 가까이서 규칙적으로 뛰는 심장 소리로 간추려졌겠지, 하고 생각해 본다. 별것도 아닌 것. 삶.

이렇게 마음 가는 대로 생각할 시간을 갖는 것도 오랜만이다. 뇌는 미친 듯이 빨리 움직이고, 생각은 수도 없이 겹쳐지고, 예전 일과 요즘 일이 정신 없이 뒤섞인다. 어떤 영화도, 어떤 책도 이걸 그대로 보여 줄 수 없다. 지금 이런 생각을 떠올리는 동시에, 머릿속에서 마요트의 영상을 본다. 어린 시절의 느낌이 나를 간질이고, 지난 몇 주 동안 있었던 일들이 연달아 지나가고, 오늘 아침 아빠에게 해 줬어야 할 말이 다이빙대 끝에 앉듯 내 혀끝에 올라앉는다.

곧 할리우드식 아침식사 장면을 상상해 볼 참이었기 때문이다. 내 맥 빠지는 어휘, 확신 없는 목소리, 기름지고 여드름 난 피부를 윌 스미스의 건방진 자신감과 바꿔서 말이다. 할 말이 없어진 아빠가 나한테 이렇게 말했을 때 대꾸했어야 할 말은 이번에도 너무 늦게 떠오르겠지.

"아니, 대체 뭐가 되려고 이러냐, 위고? 널 어쩌면 좋겠냐? 말 해 봐라, 좀 들어 보자! 앞으로 뭘 하고 싶냐?"

아무것도 아닌 말 같지만, 아빠가 부모님만이 낼 수 있는 목소리로 이 말을 했다는 점을 생각해야 한다. 걱정과 분노, 도발, 경멸, 실망과 애정이 뒤섞인 목소리 말이다. 도저히 소화시킬 수 없는 잡탕인 셈이다. 아빠가 얼마나 쿨하고 나한테 신경을 쓰는지를 보여 주는 말과 말투이다. 또 내가 배은망덕한 아들이기는 하지만 언젠가 어른이 되면 얼마나 잘못했는지 알게 될 거라고 귀띔해 주는 것이기도 하다. 아빠의 질문은 아무 대답도 요구하지 않았지만, 죄책감, 의혹, 분노, 실망이라는 씁쓸한 뒷맛을 남겼다.

누가 여기에 대답할 수 있단 말인가? 윌 스미스 빼고 아무도 없다. 그 사람한테야 대사를 써 주는 시나리오 작가 사단이 있으니까.

말을 받아치는 재주라는 건 결국 영화에서만 존재하는 것임에 틀림없다. 싸움을 하거나 잠에서 막 깨어나도 머리 모양 하나 흐트러지지 않는 주인공들과 마찬가지다. 진짜 삶에서는 존재하지 않는 것이다.

삶에서 우리는 항상 스스로에게 실망한다. 지금 여기 목욕물 속에서 두 시간이나 지나서야 아빠한테 대답할 거리를 찾으려 하는 나처럼, 지난 다섯 해의 필름을 다시 돌려 보고 있는 나처럼.

1부
세상의 끝

1

마요트에 있을 때, 나는 그곳이 싫었다. 그 섬에는 도무지 이해할 수 없는 것들뿐이었다. 떠나온 뒤에야 그곳이 나를 얼마나 변화시켰는지 깨달을 수 있었다. 좋은 쪽으로의 변화라고 생각한다. 거의 모두가 그 반대라고 생각하지만 말이다.

엄마 아빠가 그곳에서 2년 내지 4년간 살게 됐다고 알렸을 때, 나는 초등학교 5학년이었다.

엄마 아빠가 우리, 그러니까 나와 여동생 리디에게, 우리가 늘 취침등 대신으로 쓰던 조명 지구본을 짚어 거기가 어디인지 보여준 게 기억난다. 마다가스카르와 아프리카 사이의 아주 작은 점이었다. 인터넷에서 몇 가지 추가 정보를 찾았다. 마요트, 프랑스령 해외 공동체, 인구 16만 명 남짓, 면적 373㎢, 프티트 테르와 그랑드 테르라는 두 섬으로 구성, 세계 최대 규모의 산호초 군락으로 둘러싸여 있음. 내가 찾아낸 몇 안 되는 사이트에는 종려나무와 바오밥나무, 짙은 밤색 모래사장, 이국적인 꽃, 색색의 물고기 수백 종과 바다거북 사진들뿐이었다. 지상낙원이었다. 일곱 달 후 열네 시간 비행 끝에 파만지 공항에 도착해서 보게 된 것과는 전혀 다른 모습이었다.

기술적 결함 때문에 파리 샤를 드 골 공항에서 대기한 여덟 시간과, 비행기 창을 통해 저 멀리 열기에 흔들리는 스모그밖에 알아볼 수 없던 카이로에 임시 기착한 시간을 빼고도 장장 열네 시간.

마요트까지 직항 편이 없어 우리는 레위니옹을 경유했다. 그 후로 4년간 여러 차례 방학을 통해 잘 알게 될 섬이었지만, 그날은 겨우 기후를 접할 기회밖에 없었다. 비행기에서 밀폐형 통로를 지나 바로 공항으로 갔기 때문에, 바다와 대륙을 수없이 지났어도 최종 목적지에 도착할 때까지는 전 세계 공항들을 잇는 냉방된 공기밖에 맡지 못했다.

밤에 파만지 공항의 주기장에 발을 내디뎠을 때 충격은 대단했다. 노천 사우나로 갑자기 들어가는 것 같았다. 열기 때문에 땅바닥에 찰싹 달라붙는 기분인 데다가 아스팔트에서 올라오는 습기 때문에 숨이 턱 막히는 것 같았다.

밤이 깊어 공항 주변에는 아무것도 보이지 않았다. 나는, 우리는 이 끝없는 여행으로 멍해 있었다. 리디는 당시 여덟 살이었고, 나는 엄마 아빠와 함께 공항 직원들의 안내를 받아 승객 행렬을 따라가는 동안 그 애의 손을 잡아 주었다. 직원들은 세관 창구까지의 길을 표시해 주는 회중전등을 들고 있었다. 사람들이 불러대는 소리가 들려와 보니 사람들이 철책 뒤에 모여 도착하는 가족들에게 손짓을 하고 있었다. 그들은 형제, 사촌, 동료 혹은 이웃으로, 대개 섬의 원주민인 마오레족이었다. 방학이 끝날 무렵이어서 비행기는 노인부터 아이까지 가족 단위 승객들로 만석이었다. 뿐만 아니라 본토에서 오는 공무원들도 여럿 있었다. 이들은 해외 파견 근무자를 줄여 '파견자', 혹은 마오레족이 백인을 가리키는 대로 '와중구'라고도 한다. 단수형으로는 '음중구', 비행기에서 나오면서부터 4년 동안 나도 음중구가 되었다.

쿵쿵거리며 여권 검사대로 향하는 이 소란스러운 무리에 섞여 있으려니 기분이 이상했다. 오랜 시간 비행 끝에 열대지방에 다다르고 보니, 휴가지에 막 도착한 것 같았다. 사실은 개학이 며칠 남지 않았는데 말이다. 내 세계가 뒤엎어지고, 내 인생이 뒤흔들린 것이었다.

그다음 시간에 대해서는 급박한 느낌만 남아 있다. 마요트에서 보낸 세월을 통해 알게 된 모든 것에 해당되는 느낌이기도 하다. 모든 게 빨리 움직이는 소란스러운 섬.

마요트를 '묘사'할 수도, 자세한 설명을 늘어놓을 수도 없고, 내가 그곳을 어떻게 생각하는지 말할 수조차 없을 것 같다. 여러 가지 인상, 뒤죽박죽된 모습, 대체로 상반된 느낌, 도무지 서로 연결하기 힘든 일화들만이 남아 있다. 난 거기서 단지 잠시 머무는 사람, 자기 자신, 과거, 버릇, 편견과 확신에 겨워 그 섬의 찰나적인 현재를 이해하지 못하는 '음중구'였을 따름이다. 무거운 과거와 강요된 미래가 한데 뒤섞여 있는 가운데 자기 자리를 찾으려고 애쓰는 현재 말이다.

세관을 통과해 짐을 찾고 보니 엄마 아빠의 친구인 알린 아줌마와 장―마르크 아저씨 부부가 마중 나와 있었다.

"빨리, 빨리!"

두 사람이 서둘러 인사하며 말했다.

"마지막 배를 안 놓치려면 빨리 움직여야 돼."

알린 아줌마와 장―마르크 아저씨는 우리 엄마 아빠처럼 중학교 교사이다. 아줌마는 프랑스어, 아저씨는 미술을 가르친다. 엄마 아빠하고는 베튄에서 같은 학교에 근무하며 알게 된 사이였지만, 두 사람은 곧이어 해외 영토 전문가가 되었다. 정확히 얼마 동안인지는 기억도 안 나지만 여러 해 동안 과들루프에 있었고, 마요트에 온 지도 벌써 2년이 되었다. 그런 다음에는 퇴직 때까지 레위니옹에 정착했다가 꿈에 그리던 집을 사서 본토로 돌아갈 계획이었다(벌써 진행 중이다). 열대지방에서의 모험을 해 보라고 부모님을 설득한 것도 두 사람이었다. 그전까지 엄마 아빠는 파드칼레 지역에서 프랑스어를 가르친 경험밖에 없었다.

우리는 짐을 자동차 트렁크 안에 집어넣고, 넷이서 모두 뒷좌석에 올라탔다. 알린 아줌마가 바로 차를 출발시켰다.

"창문 내려."

장-마르크 아저씨가 뒤를 돌아보며 우리에게 말했다.

"에어컨이 고장 났거든. 마요트에선 모든 게 고장 나지. 곧 익숙해질 거야."

나는 이미 땀을 흘리고 있었다. 말 그대로 땀범벅이었고, 티셔츠는 걸레처럼 쥐어짜기 좋은 꼴로 피부에 들러붙어 있었다. 공항에서 멀어지는 동안 열린 차창으로 들이치는 무더운 공기는 달짝지근한 향을 풍겨 메스꺼울 지경이었다. 알린 아줌마는 차를 빨리 몰았고, 자주 경적을 울렸다. 우리가 지나는 길에는 가로등이 없었지만, 헤드라이트가 도중에 보행자 무리를 비춰 주었다. 사방에 사람, 소음, 목소리 천지였다. 리디는 좌석에 앉자마자 내 어깨에 머리를 기대고 잠들어 버렸다.

마침내, 차가 커브를 돌면서 갑자기 나타난 달 덕분에, 우리가 해안을 따라 달리고 있음을 알았다. 매년 고래들이 산호초로 둘러싸인 얕은 바다인 초호 속에서 번식을 하러 오고, 돌고래를 수십 마리씩 보게 되는 일도 흔하다는 글을 인터넷에서 읽은 적이 있었다. 나는 이런 정보에 매달려서라도 이 섬에서 살고 싶다고 스스로를 설득해 보려고 헛되이 애를 썼다. 바티스트와 니코를 비롯해 이제 전부 나에게서 수천 킬로미터 떨어진 곳에 있는 내 친구들은 이름조차 들어 본 적 없는 이 섬에서 말이다.

장-마르크 아저씨는 차를 타고 가는 동안 쉴 새 없이 말을 했지만 나는 듣고 있지 않았다. 아저씨는 마요트에 대한 모든 것을 10분 안에 다 얘기해 주려는 것 같았고, 그런 열의는 경고로 보였다.

"다 왔다."

알린 아줌마가 경적을 울려 대며 서둘러 부두 끝을 향해 차를 몰고 있을 때 아저씨가 말했다. 그곳에는 고물이 열린 커다란 배 한 척이 정박해 있었다.

키가 큰 마오레족 해운회사 직원이 너무 늦었다는 신호를 보냈지만, 알린 아줌마는 그것을 무시하고 계속 뚫고 들어가려고 했다. 마오레족이 커다랗게 손짓을 하기 시작하자 장-마르크 아저씨가 아줌마에게 멈추라고 했다. 그러더니 차에서 내려 그 사람과 이야기를 시작했다.

"아무렴, 들어갈 수 있죠. 보세요, 자리도 충분하네요!"

아저씨가 마침내 말했다. 그런 다음 알린 아줌마 쪽을 돌아봤다.

"자! 저쪽, 측면으로!"

마오레족은 체념하고는 알린 아줌마가 차를 몰게 내버려 두었다. 바퀴가 배 뒤쪽 승강판으로 기어오르는 순간 차체 아래쪽이 거칠게 덜컹거렸다. 그러더니 차는 단번에 다른 차 두 대 사이에 바싹 붙어 자리 잡았다. 곧이어, 휘파람 같은 긴 소리가 배의 출발을 알렸다. 우리가 방금 넘어온 경사면이 차 바로 뒤에서 들어 올려지더니 배가 둔탁한 엔진 소리와 함께 흔들리기 시작했다.

"간발의 차이였어! 조금만 더 늦었어도 프티트 테르에서 잘 뻔했지."

알린 아줌마가 미소를 지으며 말했다.

프티트 테르에서 그랑드 테르까지는 오래 걸리지 않았지만 내 불안을 부추기기에는 충분한 시간이었다. 혼란스럽고, 모든 것으로부터, 나 자신으로부터 멀리 와 있는 기분이 들었다. 배 중심부에는 승용차, 소형 트럭, 스쿠터가 즐비했고, 우리는 승객으로 가득한 통로 쪽으로 올라갔다. 곳곳에 천으로 된 가방, 바나나 송이, 당시에는 이름을 알지 못했던 식물 다발 같은 짐이 있었다.

"마무주에 도착한다. 주도 말이야."

장-마르크 아저씨가 설명해 주었다.

저 멀리, 뱃머리가 가리키는 쪽에 불빛 몇 개가 보였다. 그러나 주도의 규모를 짐작할 만한 것은 아무것도 보이지 않았다. 그랑드 테르는 그저 푸른 밤하늘 위로 모습을 드러낸 어두컴컴한 덩어리에 불과했다. 불빛이 띄엄띄엄해 사람이 살지 않는 것처럼 보였다. 비행기를 타고 마다가스카르 상공을 지날 때에도 같은 인상을 받았다. 광대하고 황량한 땅덩이들과 희미한 불빛으로 표시된, 점점이 흩어진 도시들이 불과 몇 군데 보일 뿐. 밤에 상공에서 보면 크리스마스 트리와 흡사한 유럽과는 완전히 달랐다.

주위의 많은 승객들은 스웨터나 점퍼를 걸치고 있었다. 뭍에서 보다야 선선하기는 했어도, 그래도 역시 내 눈에는 너무 더워 보였다. 리디는 내 옆에 달라붙어 젊고 늙은 마오레족 여자들을 빤히 바라보고 있었다. 주름이 머리부터 발까지 잡힌 원색 원피스인 전통 의상을 입고, 얼굴에는 마른 진흙을 얇게 바른 여자들이었다. 나중에 알고 보니 그건 미용팩이었다. 다른 여자들은 본토식 복장이었고, 남자들은 대개 천으로 된 셔츠와 바지를 입고, 대부분 플라스틱 슬리퍼를 신고 있었다. 다들 시마오레어로 이야기하고 있었다. 프랑스어가 섬의 공식어이자 학교에서 사용되는 언어이기는 했지만, 일상에서는 단연 시마오레어가 가장 많이 쓰였다.

우리는 마침내 도착했고, 이번에는 알린 아줌마 차가 가장 먼저 뭍에 내렸다.

마무주의 거리들은 파만지에서 자우지로 가는 길에 지나온 거리들과 마찬가지로 사람들로 바글거렸지만, 어둠에 잠겨 있었다.

그 당시 나는 오후 다섯 시만 되면 해가 저무는 열대의 밤에 익숙하지 않았다. 프랑스 본토와 도시에서만 자라서 더 그랬을 것이다. 도시의 불빛이 밤을 위협하는 곳 말이다. 마요트에서는 주도 한복판이라 해도 밤이 되면 칠흑 같은 어둠, 내가 결코 경험해 보지 못한 어둠이 찾아왔다.

우리가 살 집이 아직 마련되지 않아서, 아니, 정확히 말하자면 아직 집이 비지 않아서, 열흘 동안 마무주에 있는 게스트하우스에 머물기로 되어 있었다. '바오밥, 냉방 완비, 탁 트인 초호 쪽 전망.' 게스트하우스의 인터넷 사이트 광고 문구였다.

장-마르크 아저씨와 알린 아줌마는 길 떠난 지 5분 만에 우리를 이 작고 하얀 집 앞에 내려주었다. 주변을 둘러보았지만 보이는 것이라고는 암흑뿐이었다. 그렇지만 말소리가 들렸고, 라디오에서는 최대 볼륨으로 음악이 흘러나왔으며, 염소 울음소리와 아기 웃음소리가 들려왔다.

바오밥 게스트하우스 주인인 50대의 마르송 씨 부부가 우리를 맞아 방까지 안내해 주었다.

"피곤하시겠어요, 비행기가 연착했으니."

피곤하다, 적절한 말이었다. 하지만 세 시간 후에도 나는, 들어올 때 나를 엄습한 냉방 중인 방 안의 상대적인 서늘함에 익숙해진 채 잠을 이루지 못하고 있었다.

도착하고서 바로 샤워를 했다. 욕실에는 냉방 시설은 없었지만, 천장 가까이 벽에 나란히 뚫린 정사각형 구멍 두 개로 '통풍이 되었다'. 그 틈으로 바로 옆에서 나는 이웃들의 소리, 음악, 내게는 생소하기 짝이 없는 언어가 들려왔다……. 본토를 떠나오기 전, 열대지방 곤충들에 대해 많은 이야기를 들었다. 이미 나는 파드칼레에 살 때부터 거미나 메뚜기를 끔찍하게 싫어한 터라, 마요트에 도착할 때 '벌레들'이 꽤나 걱정스러웠음을 고백해야겠다. 마요트에는 '스콜로'라 불리는 왕지네만 빼고는 위험한 곤충이 없다는 사실을 리디와 함께 어느 안내서에서 읽었는데도 말이다. 이 까만 지네의 일종은 아주 작거나 15센티미터 정도 길이인데, 물려도 죽지는 않지만 엄청나게 고통스럽다고 한다. 샤워 부스 안으로 한 발을 넣는데 갑자기 벽 위쪽에 뚫린 구멍 중 하나에서 재빨리 움직이는 무엇인가가 시선을 끌었다. 내 새끼손가락만 한 더듬이 두 개와 엄지손가락 크기의 통통하고 붉은 몸통이 보였다. 비명을 지르자 '괴물'은 눈 깜짝할 새에 사라졌다. 나는 쿵쾅거리는 가슴으로 번개처럼 샤워를 했다. 벌레가 나와 함께 씻고 싶어할 경우에 대비해 시선은 환기구에 고정한 채였다.

나는 여동생과 방 하나를 같이 쓰게 되었다. 방은 문을 통해 부모님 방과 연결되어 있었다. 방에는 침대 두 개가 나란히 놓여 있었고, 리디는 벌써 침대에 누웠지만 아직 잠들어 있지 않았다.

"우리 여기서 잘 지낼 수 있을까?"

내가 꽃무늬 이불 속으로 들어가는데 리디가 물었다.

그때 엄마가 잘 자라는 인사를 하러 들어왔다. 엄마가 우리 둘에게 입을 맞춰 주자 리디가 이번에는 엄마에게 물었다.

"그럼, 당연하지, 우리 아가. 내일이면 다 잘될 거란다……."

엄마가 불을 끄고 나가자 다시 칠흑 같은 어둠 속에 빠져들었다.

곧이어 무슨 소리가 들려왔다. 정확히 말하면 같은 소리가 두 번 연달아 들렸는데, 혀를 차는 소리 같았다. 숨을 죽이고 귀를 기울이자 혀 차는 소리가 다시 두 번 들려왔다.

"무슨 소리지?"

리디가 걱정스러운 목소리로 물었다.

"나도 몰라."

내가 속삭였다.

소리가 다시 들려왔을 때, 나는 침대 머리맡 스탠드를 켰다.

곧바로 벌레가 아닐까, 하는 생각이 들어 벽과 천장을 눈으로 살폈다. 아무것도 없었다. 불을 끄니 혀 차는 소리가 곧바로 다시 시작되었다. 똑딱…… 똑딱……

"오빠 옆으로 가도 돼?"

리디가 묻더니 내 대답도 기다리지 않고 이불 속으로 들어왔다.

리디는 내게 바짝 기댔다. 열두 살인 내가 볼 때 동생은 너무나 작고 가냘파서 한순간 내가 크고 강한 존재처럼 느껴졌다. 그러나 잠시뿐, 어둠 속에서 작게 혀 차는 소리가 새로이 들려오자 다시 불안감이 밀려왔다.

몇 분이 지나자 리디가 잠들었음을 알아차렸다.

소리는 멈췄지만, 나는 몇 시간이 지나서야 불안하게 잠이 들었다. 어둠 속에서 침대에 누워 있자니 심장은 너무 빨리 뛰었고, 귀는 아직도 비행기 엔진 소음으로 윙윙거렸다. 며칠 전부터 먹고 있던 경구용 소아마비 백신 때문에 구역질도 났다. 나는 에어컨이 규칙적으로 웅웅거리는 소리에 귀를 기울이고 있었다. 창문 바로 아래인 듯 아주 가까운 곳에서 여전히 말소리가 들려왔다.

두려웠다. 무엇이? 멀리 왔다는 사실, 미지의 것, 이 지방의 어둠, 소리, 냄새, 무섭도록 가까이에 있는 것 같은 벌레들……. 나는 '낯설었다'. 난생 처음으로 이 단어의 뜻이 온전히 이해되었다. 나는 내 집에서 멀리, 너무 느닷없이 멀리 떠나와 있었고, 4년간 새롭게 '내 집'이 될 곳에 와 있었던 것이다.

세상의 끝에 와 있는 것 같은 아찔한 기분이 들었다.

그랬다. 거긴 바로 세상의 끝이었다.

2

마요트에서는 해가 빨리 뜨고 빨리 진다. 낮 열두 시간에 밤 열두 시간, 꽤 이해하기 쉬운 리듬이다. 계절에 따라 조금씩 차이는 있지만.

도착 다음 날 아침, 나는 다섯 시 십오 분에 눈을 떴다. 커튼 사이로 들어오는 햇빛에 마음을 놓으며, 서둘러 커튼을 젖혔다.

탁 트인 초호 쪽 전망, 바오밥 게스트하우스 인터넷 사이트에는 이렇게 쓰여 있었다. 방 건너에 바다가 보이기는 했다. 하지만 초호와 나 사이에 비닐봉지와 빈 병이 나뒹구는 허름한 콘크리트 테라스가 있고, 거기서 남자 둘, 여자 둘, 아이 다섯이 자고 있을 거라는 말은 광고에 없었다. 그 사람들은 무더울 때나 소나기가 억수같이 쏟아질 때나 할 것 없이 지붕도 없는 한데서 스펀지 매트리스를 깔고 생활했다. 그것도 내 방 창문 바로 밑에서. 간밤에 늦게까지 나를 괴롭히던 소리는 바로 그 사람들 소리였다.

우리는 다른 쪽 테라스에서 아침을 먹었다. 엷은 보라색와 오렌지색 꽃이 달린 식물들이 테라스를 타고 올라와 있었고, 테라스 벽과 천장에는 발끝에 빨판이 달린 도마뱀붙이가 열 마리도 넘게 있었다. 이 옅은 초록색의 작은 도마뱀들이 똑딱똑딱 혀 차는 소리를 내는 바람에, 나는 밤새 불안에 떨어야 했다. 마르송 부인은 커피와 코코아를 따라 주면서, 우리 방 창문 아래서 자고 있는 사람들은 코모로 제도에 있는 앙주앙 섬에서 온 가족이라고 설명해 주었다. 마요트도 코모로 제도에 속해 있었다.

"불법 체류자들이에요. 마요트에는 저런 사람들이 매일 도착하죠. 여기서 팔십 킬로미터 떨어진 섬에서부터 '콰사-콰사'라는 배를 타고 오는 거예요. 배는 늘 정원 초과구요. 도중에 빠져 죽거나 상어밥이 안 되면 빈민가에 숨어 살다가, 결국은 대부분 경찰에 잡히고 말죠."

부인이 덧붙였다.

"도대체 왜요? 무엇 때문에 여기로 오죠?"

내가 물었다.

"마무주 산부인과에서 아이를 낳으러 오거나, 일하러 오거나……. 거기서보다 열 배는 더 벌 수 있거든. 가난에서 벗어나려고 오는 거란다!"

깜짝 놀랄 얘기였다. 여태껏 프랑스 본토 밖으로 나가 본 일도 없고, 이제 막 마요트에 도착한 나로서는 겨우 이런 데로 오겠다고 목숨을 거는 게 이해가 안 됐다. 여기가 어때서 그러냐고? 낮에 처음으로 게스트하우스 밖으로 나가 보았다. 마요트의 주도인 마무주 중심가였는데도, 푸르디푸른 하늘 아래로 보이는 거라고는 파헤쳐진 도로, 사방에 널린 쓰레기, 양철 지붕 흙집, 벌거벗은 채로 도랑 속에서 뛰노는 아이들, 오염된 시냇물에 빨래를 하는 여인들, 앙상한 떠돌이 개들뿐이었다. 세상에 대해 아는 게 없는 내 눈에는 영락없이 빈민가로 보였다.

엄마 아빠가 나를 따라 거리로 나왔다. 새벽 여섯 시밖에 안 됐는데도 더워서 기분이 나빠졌다. 바로 엄마 아빠에게 물었다.

"여기 계속 살진 않을 거지?"

"당연하지. 다음 주면 우리 집이 생기잖아!"

아빠가 대답했다.

"마요트 말이야! 마요트에 계속 살 순 없어!"

아빠는 내가 무슨 얘기를 하려는지, 어떤 기분인지 알아차렸다.

"이제 막 도착했잖아, 위고. 지금은 모든 게 다 낯설지만, 곧 적응하게 될 거야……."

나는 엄마를 바라보았다. 엄마는 아무 말도 안 했지만, 나와 같은 생각이라는 걸 알 수 있었다. 리디는 엄마한테 딱 들러붙어서 허리를 끌어안고 있었다.

장-마르크 아저씨와 알린 아줌마 말로는 본토에서 온 사람들 중에서 충격을 견디지 못하고 일주일 만에 다시 비행기를 탄 경우도 있다고 했지만, 우리는 마요트에 남았다.

열흘이 지나도, 마무주가 어떤 곳인지 도무지 알 수가 없었다.

모든 것이 선착장에서부터 시작되었다. 선착장 옆에 장터가 있고, 그다음에는 마리아주 광장, 광장 주변에는 본토풍의 가게들, 섬에서 유일한 서점, 카리부 호텔이 둘러서 있었다. 마요트 냄새가 느껴지는 거라고는 '환영'이라는 뜻의 호텔 이름뿐이었다.

우리가 머물던 게스트하우스는 앙주앙 사람들이 많이 사는 빈민가 한복판에 있었다. 경찰이 자주 강력 단속을 나오는 동네였다. 게스트하우스는 코메르스 거리 바로 옆이었는데, 그 거리에는 옷 가게, 보석 가게, 전자제품 가게가 죽 늘어서 있었고, 가게마다 아프리카 음악이 최대 볼륨으로 흘러나왔다. 나는 도착 다음 날 그 거리에서 전통 의상을 입은 마오레족 여인이 방금 산 전자레인지를 머리에 이고 균형을 잡으며 걷는 모습을 봤다. 몇 년이 지났는데도 마요트 하면 그 모습이 떠오른다.

마무주에서는 어디서나 아무렇게나 건물이 빨리 들어섰다. 그러다 보니 전통 가옥은 이동통신사 간판을 달고 있고, 본토 행정기관들은 훈제 닭고기 노점과 맞붙어 있었다. 본토 여느 도시와 하나도 다를 바 없는 우체국 창구에서 우표를 사노라면 이슬람교

성직자가 기도 시간을 알리는 소리가 들려왔다. 또, 인도양 한가운데 살면서도 혼잡 시간대의 파리 못지않은 교통체증에 숨 막혀 하기도 했다.

나는 사실 마무주가 무서웠다. 우습게 들릴지 모르지만 정말이다. 사람도 너무 많고, 소음도, 색깔도, 냄새도, 고함도, 음악도 너무 요란한 데다, 간선도로만 벗어나면 바로 딴 세상이었다. 어느 날 저녁, 해가 갑자기 지는 바람에 게스트하우스로 가는 길을 착각해 앙주앙 빈민가 한복판을 지나가게 됐다. 흙으로 된 골목길, 허름한 집들, 진흙투성이 개울을 지나는데, 사람들의 눈이 나를 계속 따라왔다. 나이키 운동화에 반바지와 퀵실버 티셔츠를 입은 나는 그 동네에 어울리지 않는 아이였던 것이다. 본능적으로 발걸음을 재촉했다. 나는 땀범벅이 된 채 숨을 헐떡거리며 돌아왔다. 심장이 쿵쾅거려서 관자놀이까지 욱신거리고, 바보가 된 기분이었다. 무엇보다 이 섬에 내가 있을 곳이 없다는 생각이 들었다.

그런 사람이 나 하나는 아니었던 모양이다. 매일 저녁이면 본토 사람들이 바플라이에 모였으니 말이다. 바플라이는 레저 항구 위쪽에 있는 마아부 거리 끝에 자리 잡은 술집 겸 식당이었다.

우리는 셋째 날 저녁에 장-마르크 아저씨와 알린 아줌마의 초대로 그곳에 갔다. 두 사람은 우리에게 '동료들'을 소개해 주고 싶어했다.

"섬에 있는 교사들은 거의 전부 '본토 출신'들이야. 단 한 명도 바플라이를 벗어날 순 없지! 여긴 '파견자'들의 집합소니까!"

알린 아줌마가 웃으며 말했다.

바 앞에는 커다란 테라스가 딸려 있었는데, 초호를 내려다보는 전망이 기가 막혔다. 초호는 사실 너무 커서, 언뜻 보면 프랑스 본토에 접한 바다와 다를 바가 없었다. 물은 날씨에 따라 짙은 푸른 빛이나 잿빛을 띠었다. 산호초가 둑을 이루고 있는 모습은 너무 멀리 있어 맨눈으로는 그 독특한 거품 같은 모습을 볼 수 없었다. 손님 몇몇은 테라스에 자리 잡고, 몇몇은 실내 바에 팔꿈치를 괴거나, 선 채로 손에 잔을 들고 당구대 주변에 모여 있었다. 당구대 뒤에 있는 대형 스크린에서는 스쿠버다이빙 장면이 흘러나왔다. 바플라이 주인은 과묵한 백인이었다. 단골 손님들은 주인을 애칭으로 불렀고, 여자 손님들은 계산대 너머로 볼에 입을 맞춰 인사했지만, 돌아오는 대답은 고갯짓이나 으르렁거리는 소리뿐이었다.

우리 식구가 테이블에 자리를 잡고 앉자, 사람들이 와서 자기소개를 했다. 가족과 함께 온 사람들이 많았는데, 아이들은 제집인 양 윗도리를 벗은 채 맨발로 테라스에서 뛰놀았다. 본토에서라면 보기 힘들 거침없는 태도였다.

테이블 주변에는 선생님들밖에 없었는데, 대부분 중학교 교사였다. 내 옆자리 여자 – 갈색 머리에 키가 크고, 코메르스 거리에 있는 어느 가게의 알록달록 요란한 쇼윈도에서 본 것과 똑같은 옷을 입은 여자 – 빼고는 저마다 마요트에 대해 할 말이 있었다.

"레위니옹의 별명이 자동차 섬이라면, 여긴 건설 중인 섬이지……. '코코넛 세대'가 너무 빨리 '코카콜라 세대'로 변했어! …… 마요트는 아프리카야, 레위니옹하고는 달라! 레위니옹에선 다양한 문화나 인종이 조화를 이루고 있지만, 여기선 모든 게 대조를 이루지……. 곧 알게 되겠지만, 애들은 참 정이 많아. 별로 열심이진 않지만 착하다고나 할까……. 문화적인 문제야! 여기서는 어부가 물고기를 잡을 때도 하루 먹고 살 만큼만 잡아. 식구들 먹고 사는 데 하루에 오 유로가 들면, 딱 오 유로어치 물고기만 잡는 거야. 더 잡아서 이윤을 남길 생각은 아예 안 해! ……하고많은 날 '폴레, 폴레!'라고들 하지. '살살, 살살'이란 뜻이야……. 다들 프랑스에 바라는 거라곤 가족수당하고 최저생계수당밖에 없어! ……"

리디와 나는 잠자코 듣기만 했다. 엄마 아빠가 어쩌다 질문이라도 하면, 다른 사람들은 두 사람의 순진함을 놀려 대며 늙은 족장이라도 되는 양 뻐기며 대답했다. 엄마 아빠가 '바보들의 저녁식사'의 희생양이 된 것 같기도 했고, 신출내기다 보니 골탕을 먹는 것 같기도 했다.

그러더니 바플라이와 더불어 와중구의 피난처인 초호 얘기로 대화가 옮겨 갔다. 본토 사람들은 주말이면 바다 위나 바닷속에서

낚시, 스쿠버다이빙, 윈드서핑, 수상스키 등으로 시간을 보냈다. 지난 일요일에는 한 프랑스어 교사가 백 마리쯤 되는 돌고래 떼와 마주쳤다고 했다. 그 남편은 초대형 농어를 볼 수 있는 장소를 알고 있다면서, 우리 엄마 아빠를 데려가겠다고 약속했다. 무슨 일이 있어도 엄마 아빠가 S자 물길에서 다이빙을 해 봐야 한다는 것이었다. 초호 어귀에 있는 산호초 둑 사이에 난 하나뿐인 물길 말이다.

나는 얼마 지나지 않아 대화의 흐름을 놓치고는, 말과 더위와 피곤에 취한 채 혼자 생각에 잠겼다. 옆자리 여자는 내내 잠자코 있다가 갑자기 내 쪽으로 몸을 기울이면서 손을 내밀었다.

"프랑스와즈라고 해. 네가 다닐 학교 사서란다."

그러더니 내가 쳐다보자 활짝 웃었다. 악수를 하긴 했지만, 좀 불편했다. 부모님이 교사이다 보니 수업 시간이 아니라도 선생님들을 만나는 데 익숙했지만 말이다.

"너희 부모님하고 같은 학교에서 일하고 있어. 거의 수풀 속에 있는 학교지. 마무주보다는 훨씬 조용한 동네란다."

마요트에서는 다들 시골을 가리킬 때 '수풀'이라는 말을 썼는데, 이 말을 들으면 열대지방 섬의 이미지보다는 가젤, 사자, 코끼리가 뛰노는 아프리카 평원이 떠올랐다.

"넌 별로 말이 없구나. 나도 그래!"

나의 새 사서 선생님은 나 혼자만 들을 수 있도록 목소리를 낮춰 말을 이어 갔다.

"하지만 저 대화는 꽤 흥미롭지 않니? 지금 이 테이블 주변에서 본토인 공동체 전체를 좌지우지하는 게임이 벌어지고 있는 거란다. 가까이에 살면서도 마오레족하고는 별개인 공동체 말이지. 너도 금세 알게 되겠지만, 파견자에는 두 부류가 있어. 신출내기들과 그 밖의 사람들이지. 너희 식구들이야말로 따끈따끈한 신출내기라고 할 수 있는데, 신출내기들은 언제나 환영을 받는단다. 다른 사람들이 센 척할 기회가 생기거든."

선생님과 눈이 마주쳤을 때 본 짓궂은 눈빛이 마음에 들었다. 선생님은 미소를 지어 보이더니 계속 말을 이었다.

"본토인, 아니면 여기 사람들이 백인들을 가리키는 와중구는, 근속연한으로 위계질서를 결정한단다. 최고는 바플라이 사장이나 너희 식구들이 묵고 있는 게스트하우스 주인 같은 사람들이야. 그 사람들은 과거에 대해서는 입이 아주 무겁지만, 마요트로 오기 전에 아프리카에서 벌써 20년 넘게 살았고, 그전에는 아시아를 거쳐 마다가스카르에도 잠깐 살았을 거란 걸 짐작할 수 있지. 참고로, 강하게 보이려면 마다가스카르가 아니라 '마다'라고 해야 해. 암튼 그 사람들은 진짜 싸움꾼들이라고 할 수 있단다. 그 사람들이 입을 안 열어도 다른 사람들이 그 사람들이랑 친하다고 우기면서 과거를 말해 주거나 지어내지. 그다음은 임기가 끝나 가는 공무원들이야. 여기 산 지도 벌써 몇 년이 됐고, 섬이나 주민들에 대해서 다 파악했다고 생각하는 사람들이지. 본토로 돌아갈 날이 얼마 안 남아서, 세상만사 다 초탈한 것처럼 무심하게 군단다. 네가 다닐 학교 교장이 딱 이런 부류야! 브르타뉴 출신 여자인데, 이번 학년도가 끝나면 집으로 돌아갈 생각에 한껏 들떠 있지. 마지막은 너희 부모님 친구들인 장—마르크하고 알린이야. 여태까지는 제일 신출내기였다가 너희 식구들이 오면서 겨우 한 계급 올라갔지."

선생님은 내 귀 가까이로 몸을 더 기울이더니 재미있다는 듯 말했다.

"제일 말 많은 사람들이기도 해! 마요트에서 일 년을 버텼으니 섬에 대해서, 관습에 대해서, 차이점에 대해서, 적응하느라 겪는 어려움에 대해서 이러쿵저러쿵 말할 자격이 생긴 거지. 사실 그 사람들은 이제 겨우 여행 안내서에 나오는 얘기를 이해하기 시작한 수준이란다."

선생님이 자세를 바로잡자, 나도 모르게 선생님에게 질문을 던졌다.

"그럼 선생님은요? 선생님은 어디에 속하는데요?"

곧바로 뺨이 달아올랐다. 하지만 선생님은 나에게 미소를 지었다. 내 뻔뻔한 태도를 재미있어하는 눈치였다.

"아무 데도. 이십육 년째 마요트에 살고 있고, 남편은 마오레족이고, '카페오레'인 우리 애들 둘은 여기서 태어났어."

선생님이 대답했다.

내가 놀란 기색을 보였는지, 선생님이 덧붙여 말했다.

"그래! 마요트에 사는 걸 좋아하는 사람도 있어! 넌 빨리 적응할 거야. 애들은 아주 자연스럽게 익숙해지거든. 마요트는 아직 길들여지지 않은, 젊고 호기심 왕성한 곳이란다. 모든 걸 당장 손에 넣고 싶어 하는, 청소년 같은 사회지."

3

우리 집을 보니 조금은 마음이 놓였다. 마무주나 그 근교 집들과
는 완전히 다른 집이었다. 파사마인티 북쪽으로, 시골과 맞닿아 있
는 곳에 자리 잡은, 콘크리트로 된 이층집이었다. 방마다 냉방 장
치가 되어 있고, 창문과 문에는 방충망이 달려 있고, 울타리를 둘
러친 정원에는 온통 삐죽삐죽한 이상한 잔디밭, 망고나무 한 그루,
일랑일랑나무 한 그루, 빵나무 한 그루가 있었으며, 지붕에는 바다
와 음부지 섬 쪽으로 탁 트인 전망을 자랑하는 테라스가 있었다.

"보수를 하긴 했지만 이건 진짜 집이야. '음중구랜드'에 있는 마
요트 주택공사 집들하고는 완전히 다르다고!"

알린 아줌마가 우리에게 설명해 주었다.

'음중구랜드'는 파견자용으로 지어진 새 동네들을 가리키는 이
름이다. 색색의 작은 집들이 줄을 맞춰 단지 안에 모여 있고, 단지
안에는 파견자들에게 익숙한 본토식 편의 시설이 갖춰져 있었다.
나중에 들은 얘기로는, 본토의 마을 광장 같은 느낌을 내려고 샘

36

주변에 지어진 동네도 있다고 한다. 본토에는 마을마다 중앙에 분수가 있으니 말이다. 문제는 그 샘이 오래전부터 이웃 마을 둘에 물을 공급해 왔고, '부에니'들은, 그러니까 마오레족 말인 시마오레어로 여자들은 당연히 계속해서 그 샘에 와서 물을 길어 갔다는 점이다. 사정이 그러니, 당장 새 주민들과 갈등이 생겼다. 마오레족 여자들과 아이들이 '자기들' 동네에서 너무 시끄럽게 군다는 것이었다.

그렇다고 해서 마요트에 공간이 부족한 것도 아니다.

사실 바닷가 도시 몇을 빼고는, 마요트 인구는 종려나무, 대나무, 튤립나무, 빵나무, 바나나무, 망고나무, 또 그 밖의 식물들이 야트막한 언덕배기를 메운 외진 마을들에서부터 커다란 바오밥나무들이나 맹그로브 숲과 나무들이 해안가를 따라 들어서 있는 인적 드문 해변 마을들까지 골고루 분포해 있었다.

우리 집 테라스에서는 마에바두아니 산부터 시작해서 해안가에 있는 츠운주 1과 츠우주 2 마을, 그다음으로는 마키라는 이름의 노랗고 큰 눈이 달린 묘한 여우원숭이들만 사는 음부지 섬까지, 섬 전체가 한눈에 들어왔다. 새벽녘, 해가 막 초호 위로 솟아오를 때면 바다가 정말 멋져 보였다. 잠깐 동안이긴 하지만 본토 사람들이 열대지방 섬에 대해 품고 있는 낙원 같은 이미지에 꼭 들어맞았다.

여기 바다 풍경에 뭔가 빠져 있다고 생각하면서도, 답을 찾는 데는 며칠이 걸렸다. 우리 식구는 본토에 살 때 자주 솜 만이나 브르타뉴로 휴가를 갔다. 그러다 보니 바닷가 하면 파도 소리와 갈매기 울음소리가 절로 배경음악처럼 생각되었다. 그런데 마요트에는 갈매기가 없었던 것이다. 대신 1미터도 넘는 커다란 박쥐들이 대낮에도 종려나무 사이를 둔하게 날아다녔다. 낯설다는 건 바로 이런 것이다. 새도, 나무도, 물고기도, 꽃도, 그 어느 하나 알 수 없고, 어느 하나 알아볼 수 없다는 것 말이다. 모든 게 새로웠고, 모든 게 생소했다. 아니, 내가 모든 것에 생소한 존재였다는 편이 맞겠다.

개학날이 되어서야 그게 어느 정도인지를 깨달았다. 출석을 다 부르고 나서, 우리 반에 백인은 나 하나뿐이라는 걸 알게 된 것이다.

학교는 꽤 멋진 편이었다. 마요트에 가장 초기에 들어선 본토 시설물에 속했는데, 작은 건물 열 채쯤으로 이뤄져 있었다. 단층 방갈로 같은 건물 여럿이 빨갛고 노란 꽃이 핀 봉황목, 하이비스커스, 협죽도가 심어진 정원에 흩어져 있었다. 꽃이 우거진 정원이 교정 대신이었다. 마요트에는 학생 식당이 없었기 때문에, 학생들은 쉬는 시간이나 점심시간이면 정원으로 모였다.

내 피부색이나 내가 본토 출신이라는 점에 대한 악의 없는 농담

말고는 인종차별적인 얘기를 들을 일은 없었다. 그래도 반에 적응하는 데는 다른 애들보다 오래 걸렸다. 학교에서나 학교 밖에서나, 본토 사람들은 환경이나 생활의 일부이긴 했지만, 근본적으로는 파견자, 그냥 스쳐 가는 존재에 지나지 않았다. 원주민들과 제일 잘 어울려 사는 사람들조차 결국 이방인이었던 것이다. 나는 내가 언젠가는 떠날 것이고, 마요트가 내 섬이 되는 날은 절대 오지 않을 테고, 마요트에는 내 미래가 없다는 걸 알고 있었다. 그 사실이 사는 방식이나 다른 사람들을 대하는 방식에서 드러났던 모양이다. 본토에서 온 학생들의 진짜 문제는 피부색이 아니었다. 어차피 다시 떠날 텐데 뭣하러 진짜 친구를 사귄단 말인가?

게다가 장애물이 하나 더 있었다. 본토 학생은 대개 엄마 아빠가 선생님이었다. 그러니 친구들이 좋아할 리가 없다. 그건 본토건 마요트건 마찬가지다. 우리 반에 백인이 나 하나밖에 없었다고 했지만, 실은 한 명 더 있는 셈이었다. 선생님이 백인이었으니까. 마요트에서 4년이나 학교를 다녔지만, 미오래족 선생님은 단 한 번도 보지 못했다.

갑자기 소수 집단에 속하게 된다는 건 혼란스러운 일이다. 노르지방에 살 때는 이민 온 애가 반에 꼭 한두 명은 있었다. 텔레비전에 나오는 것처럼 말이다. 마요트에서 내가 그 입장이 되고 보니, 그건 절대 가벼운 문제가 아니었다.

그럼에도 불구하고, 프랑스에서 흑인으로 사는 것과 마요트에서 백인으로 사는 것은 똑같지가 않다. 프랑스 해외 영토라면 다 그렇겠지만, 백인들은 입으로는 아니라고 하면서도 자신들이 사실 소수 집단이라기보다는 엘리트 집단에 속해 있다고 생각한다. 엄마 아빠, 선생님들, 바플라이 손님들…… 각자 본토에서 '발령을 받아' 마요트에 온 것이다. 마요트 젊은이들을 '교육'하고, 프랑스어는 물론이고 프랑스 문화, 프랑스 작가들의 책, 프랑스 역사를 가르치거나, 파드칼레 지방하고 똑같은 도로 표지판이 늘어선 프랑스식 도로를 닦고, 우체국을 짓고, 행정을 담당하고, 프랑스 법을 적용하려고 온 사람들이다. 섬에 살면서 진짜 인종차별주의자인 본토 사람을 만난 적은 없지만, 솔직하게 자기반성을 해 보면, 다들 원주민들보다 자기들이 우월하다고 여긴다는 사실을 알게 될 게 분명하다.

그렇다, 고백하려니 끔찍스럽기는 하지만, 나도 마요트에서 몇 년을 보내면서 그런 생각을 갖게 됐다. 반에서 유일한 백인이면서도, 무의식적으로 내가 최고라고 생각했던 것이다.

게다가 나는 6학년 내내 거의 전 과목에서 일등이었다. 예전 같았으면 어림도 없을 일이다. 내가 딱히 뛰어나서 그런 것도 아니다. 마오레족의 모국어는 프랑스어가 아니라, 학생들은 학교에서만 프랑스어를 쓰고, 대부분 부모님이 공부에 전혀 도움을 주지 않는다. 우리 부모님은 유치원 때부터 나를 끼고 가르쳤는데 말이다!

바로 이런 어렸을 때의 경험 때문에 나와 우리 반 아이들 사이에는 또 격차가 생겼다. 나는 여태까지 늘 울타리 안에서 애지중지 도움을 받으며 자랐다. 그러다 보니 인생에 대해서 아는 게 하나도 없었다.

마요트 아이들은 걸음을 떼기 전까지는 땅바닥을 밟는 일 없이 엄마 품을 떠나지 않는다. 하지만 그다음에는 갑자기 혼자 남겨져 홀로서기를 해야 한다. 본토에서라면 머리에 헬멧을 씌워 자전거 타는 법을 가르치거나 칼이 들어 있는 부엌 서랍을 못 열게 안전장치를 달아야 할 나이에, 마오레족 아이들은 혼자서 제 몸보다도 큰 칼을 들고 숲속에 들어가 지붕에 덮을 바나나나무 이파리를 벤다. 6학년만 되면 여자애들은 벌써 다 큰 여자로, 남자애들은 진짜 남자로 보인다. 반면 나는 여전히 젖비린내를 풍겼다.

프랑스와즈 선생님은 마요트가 청소년 같은 사회라고 했다. 하지만 섬 아이들에게는 사춘기라는 사치를 누릴 여유도 힘도 없다는 것을 마요트에 살면서 차차 알게 되었다.

처음 겪어 보는 장마철은 갑작스럽게 찾아왔다. 거리가 순식간에 붉은 진흙이 휩쓸려 내려가는 개울로 변해 버리자, 내 운동화도 단 2분 만에 끝장이 났다. 나는 운동화 세 켤레를 버리고 나서야 마오레족들이 신는 해변용 슬리퍼를 신기로 결심했다. 벌써 2월이었는데 더워 죽을 것만 같았다.

"일 년은 지나 봐야 계절을 분간할 수 있단다. 처음에는 장마철 빼고는 다 똑같은 것 같고, 언제나 덥고 습하다고 생각하지. 하지만 곧 남반구 겨울의 선선한 맛을 알게 된단다. 오월부터 구월까지……."

프랑스와즈 선생님이 말해 주었다.

'초보'였을 때는 더위로 너무 고생을 해서 그런지 소나기가 쏟아지면 안심이 되었다. 하지만 빗방울이 떨어지기 시작할 때는 잠깐 선선한 것 같다가 비가 그치면 두 배, 세 배로 대가를 치르게 된다는 걸 곧 알게 되었다. 땅바닥에서 덥고 숨 막히는 김이 올라왔던 것이다.

남반구에서 처음으로 맞은 여름이 중반부에 이르러서야 나는 피부에 찰싹 달라붙는 티셔츠 따위는 포기해야 한다는 걸 깨달았다. 그래서 우선 바람 잘 통하는 반팔 셔츠를 입기 시작했고, 그 다음에는 아예 긴팔 셔츠를 입어 더위나 추위 같은 감각을 느끼는 팔뚝을 보호했다. 긴팔 셔츠에 해변용 슬리퍼라니, 이건 분명 적응하기 시작했다는 징조였다!

생전 처음으로 잠수를 했다. 가지각색 물고기가 하도 많아서,

수족관 속에서 헤엄을 치는 것같이 황홀했다. 해마다 초호 속에서 짝짓기를 하고 새끼를 낳으러 오는 고래들도 처음으로 보았다. 우리 식구는 바플라이의 단골이 됐고, 아빠는 얼마 지나지 않아 주인과 말을 놓기 시작했다. 시간이 흘러갔다. 몇 주, 몇 달이 흘러, 마요트에서의 새로운 생활이 내 생활이 됐다. 처음 도착했을 때는 충격적이었던 일에도 익숙해져서, 무심하게 마무주 거리를 활보하게 되었다. 이제 쓰레기 더미도 신경 쓰이지 않았고, 벌레도 겁나지 않았다. 어른 손만큼 큰, 노랗고 파란 거미가 커다란 거미줄 복판에서 곡예하듯 흔들거려도 무섭지 않았다. 나는 적응하고, 익숙해졌다. 아빠와 리디도 아주 편안해 보였다. 반면 엄마는 점점 짜증이 늘어 갔다.

어느 날 저녁, 침대에 누워 있는데 엄마가 옆방에서 아빠랑 얘기하는 소리가 들렸다.

"여긴 내가 있을 자리가 없어! 게다가 교장은 미친년이야! 교감한테 밀리는 꼴 봤지? 마오레족이라고 해서 무슨 꼬마인데 말하는 것처럼 하잖아. 굼뜨다고 눈치까지 준다니까! 자기가 무슨 상관이라고! 교감이야 여기 사람이지만, 그 여잔 아니잖아! 제발 좀 브르타뉴로 돌아가 버리란 말야!"

엄마가 말했다.

"그렇잖아도 이번 학년도만 끝나면 돌아가, 여보."

"그러고는 비과세 파견수당으로 저택을 짓겠지!"

"그래서, 그게 뭐가 문제야?"

"모르겠어. 그래도 파견수당만 바라보고 여기 와서는 섬이나 주민들한테는 관심도 없는 선생들은 좀…….."

엄마가 잠깐 말을 멈췄다가 대답했다.

"그건 좀 과장 아니야? 열정적이고 헌신적인 선생들이 멋진 일을 하는 것도 여러 번 봤잖아!"

"무슨 일! 어떤 땐 수업 중에도 내가 도대체 여기서 뭘 하고 있나 싶다니까."

엄마가 지친 목소리로 대꾸했다.

"본토에 있을 때도 똑같은 소리 수십 번은 들었어!"

"애들은 내가 하는 말에 신경도 안 쓴단 말이야! 뭐, 걔들이 잘 생각한 거지!"

"애들한테 프랑스어를 가르치잖아. 애들한테 나중에 도움이 될 거야."

"도움? 뭐에 도움이 되는데? 본토나 레위니옹에 가서 국립 직업국 드나들 때? 대학 입시를 치른다고 쳐. 그다음에는 뭘 하겠어? 본토에서 걔들을 두 팔 벌려 환영할 거 같아? 마오레족 애들을? 베튄만 해도 그래. 정작 그 동네 애들도 할 일이 없잖아? 거길 가면 마오레족 애들은 완전히 뒤처질 거야. 낙오될 거라고! 까

놓고 말해서 여기 프랑스어 수업은 제이 외국어 수준이라고!"

"그래서 뭐? 그나마 없는 것보단 낫잖아?"

"모르겠어. 우리가 없는 게 애들한테 낫지 않을까? 우리처럼 살고 싶은 생각이 안 들게 말야. 휴대폰, 메이커 옷, 평면 티비 같은 걸 탐내지 않게."

"다른 코모로 제도 섬들 봐! 독립을 했어도 가난 때문에 다들 여기로 오고 싶어 하잖아. 앙주앙 섬 사람들이 관광하려고 갖은 희생을 치르고 마요트에 오는 줄 알아?"

아빠가 반박했다.

엄마가 설득된 기미가 안 보였는지, 아빠가 계속 말을 이었다.

"그럼 당신은 전에 나한테 얘기한 그 여자애 말야, 걔…… 이름이 뭐더라?"

"모이나."

"맞아. 당신은 그럼 프랑스가 없어지면 모이나가 더 잘살 수 있다는 거야?"

나는 그 당시에는 모이나가 누군지 몰랐지만, 나중에 그 애가 중학교 3학년이고, 삼촌과의 잠자리를 거부해서 집에서 쫓겨났다는 걸 알게 되었다.

베튄을 떠나기 전에 엄마 아빠가 마요트 관광 책자를 읽어 보라고 한 적이 있는데, 그 책에서 마오레 사회에서의 여성의 지위를 다룬 장을 읽은 기억이 난다. 마오레 사회는 프랑스에 속해 있으면서도, 이슬람 사회에 일부다처제 사회였다. 책에 따르면, 남자들은 아내도 가족도 여럿 거느릴 수 있는데, 그 결과, 대부분은 남편으로서 아버지로서 제 역할을 못한다. 하지만 책에는 마요트에선 여자들이 아주 중요한 역할을 담당하고, 히잡을 쓰지 않으며, 본토와 똑같이 사고의 자유와 관습의 자유를 누린다고 나와 있었다.

물론 그렇다고 해서 비극적인 경우가 없는 건 아니었다. 특히 어떤 소녀들은 억지로 근친상간을 당하기도 한다. 모이나도 그런 경우였다. 모이나는 반항을 하다 결국 집안에서 쫓겨나 길바닥에 돈 한 푼 없이 나앉게 됐고, 프랑스어 담당 교사이자 계속 집안 속내 얘기를 들어 주던 엄마는 몇 주 동안 잠도 못 이루게 됐다.

"걔한테 자유에 대해 말해 주고, 남자들이 걔를 존중해야 한다고, 피임을 해야 한다고 했어……. 본토에서는 너무 당연한 얘기인데, 여기서는 모든 규범이나 전통에 부딪히게 돼! 걔가 그런 자유를 얻을 수 있을까? 아님 그냥 사회에서 버림받게 될까?"

엄마가 말했다.

잠시 침묵이 흐르더니 아빠가 말했다.

"당신 피곤해서 그래, 여보."

말을 마칠 때 엄마의 목소리가 떨리고 있었다. 엄마는 도착하던 날부터 섬 생활을 싫어했고, 주말에 초호에서 산책을 하거나 스쿠

버다이빙을 하고, 바플라이에서 저녁을 보내도 증상은 계속 심해
졌다.

"여긴 내가 있을 자리가 없어. 백인 사이에도, 마오레족 사이에
도 없다고."

엄마가 또 말했다.

다음 날, 아빠는 우리가 마요트 남쪽 끝, 섬에서 제일 아름다운
은구자 해변에 있는 호텔에서 주말을 보낼 거라고 알렸다.

그때까지 섬의 남쪽에는 가 볼 기회가 없었다. 남쪽 지역은 다
른 데보다 훨씬 더 야성이 살아 있고 아름다웠다. '섬에서 가장 아
름다운 해변'에 있는 호텔인 '마오레 정원'은 자연 속에 자리 잡고
있었다. 호텔 주위를 둘러싼 나무들 속에는 안경원숭이가 여러 마
리 있었는데, 리디는 그 원숭이들에 곧바로 반해 버렸다. 아빠는
하나는 엄마 아빠가 쓰고, 하나는 리디와 내가 쓰도록 방갈로 두
채를 예약해 뒀다. 대나무와 바나나나무 잎으로 된 아주 작은 방
갈로들이 매끈하고 은빛 나는 거대 바오밥나무들 아래에, 해변을
따라 흩어져 있었다.

해변은 아주 멋졌다. 비현실적으로 파란 물속으로 뻗어 있는 우
아한 배다리 빼고는 사람의 손길이 닿지 않은 곳이었다. 나는 거
기서 바닷속을 날아다니는 것 같은 가오리를 처음으로 보았다.

우리는 마스크와 스노클을 챙겨 가지고 바로 잠수를 시작했다. 바닷가에서 고작 30미터 정도 떨어진 곳에 급경사면이 있어, 물이 별로 깊지 않다가 갑자기 물고기가 가득한 멋진 초호로 변했다. 하지만 해가 지기 얼마 전, 바닷가를 향해 돌아오던 중, 뜻밖에 가장 아름다운 선물을 받았다. 편안하게 헤엄을 치고 있는데, 바로 옆에서 이상한 소리가 나는 바람에 소스라치게 놀랐다. 스타워즈에 나오는 다스베이더의 숨소리와 비슷한 소리였다. 심장이 요동을 쳤다. 내 몸보다도 큰 짐승이 나를 마주 보고 있었다. 진정이 되고 나니 그것이 바다거북이라는 걸 알 수 있었다.

나는 바다거북 옆에서 헤엄을 치기 시작했다. 바다거북은 덩치에 안 어울리게끔 우아하게 바다 깊은 곳에 덮인 초록색 해초를 뜯어먹다가 가끔씩 수면으로 올라와서 숨을 쉬었다. 숨을 쉴 때면 조금 전에 나를 소스라치게 만든 소리가 났다.

평온한 기운이 밀려왔다. 아마 그 거대한 바다거북이 가진 평온함이었겠지. 얼마 지나지 않아 다른 바다거북 여러 마리가 모여들었다.

나는 날이 저물 때까지 물 밖으로 나가지 않고 바다거북들과 헤엄을 쳤다. 단 한 번뿐인 경험을 하고 있다는 기분, 지상낙원에 정말로 들어온 것 같은 기분으로 가슴이 터질 것 같았다.

나는 이 마법 같은 경험에 흥분한 나머지, 월요일에 학교에 가서 반 친구들에게 바다거북과의 만남을 이야기해 주었다. 반 친구들 중에 바다거북을 본 애는 한 명도 없었다. 섬의 몇몇 해변에 바다거북이 있다는 것도 애들한테는 전설 같은 얘기라는 걸 알게 되자 어이가 없었다.

자기들이 사는 섬에서 최고로 아름다운 바닷가에 있는 호화로운 호텔에 가서 하룻밤을 잘 돈이 없는 건 물론이고, 심지어 그런 생각조차 안 해 보는 것이다.

4

몇 달 사이에 프랑스와즈 가르생 선생님은 내게 사서 교사 이상의 존재가 되었다. 책이라고는 전혀 들여다보지 않던 내가 일주일에 한 권이나 두 권씩 꼬박꼬박 읽기 시작했고, 틈만 나면 학교 도서실에 들르게 됐다. 하지만 도서실에 책이 많지는 않았다. 예산도 부족했고, 마요트에서는 본토보다 책값이 훨씬 비쌌기 때문이다.

사실을 말하자면, 도서실과 소설책들은 나에게 피난처가 돼 주었다. 프랑스와즈 선생님의 꾸밈없는 성격도 마찬가지였다. 마오레족이든 와중구든, 학생이든 선생님이든, 다들 프랑스와즈 선생님을 좋아했다. 선생님은 솔직하면서도 순수했고, 스스로 있어야 할 자리에 있다고 생각하는 사람들에게서 보이는 자신감을 풍겼기 때문이다. 마요트에 살면서 본토 출신 선생님을 여럿 알게 됐지만, 프랑스와즈 선생님은 그중에서 유일하게 잠시 머무는 사람이 아니라 그곳에 뿌리를 내리고 살아왔고, 앞으로도 살아갈 사람이었다.

어느 날 저녁, 또 한 번 바플라이에서 선생님 옆자리에 앉아 다른 사람들 얘기를 듣게 됐다. 처음 갔을 때 말고는 거기서 선생님과 마주친 적이 없었는데, 나는 섬에 도착한 지 겨우 며칠밖에 안됐던 그날 저녁과는 완전히 딴사람이 된 기분이었다. 벌써 1년이 지나 있었다. 나는 열세 살이었는데, 마요트에서는 한 살을 적어도 두 배로 쳐 줘야 한다! 우리 가족은 레위니옹 섬에서 두 주 동안 화산 분화구들과 피통드라푸르네즈 화산 정상까지 도보 여행을 하고, 모리셔스 해변에서 또 한 주 동안 휴가를 보내고 돌아온 참이었다. 얼마 뒤면 개학이었다. 마요트에서 두 번째로 맞는 새 학년이었다. 내 맞은편에는 파만지 공항에 도착한 지 하루밖에 안 된 젊은 교사 부부가 앉아 있었다. 초췌한 얼굴에, 사냥철 첫날을 맞은 외다리 산토끼처럼 안절부절못하는 부부였다. 아빠는 거들먹거리며 마요트에서의 생활, 섬의 관습과 법도에 대해 쉴 새 없이 얘기를 늘어놓았다. 그것만 보면 적어도 10년은 마요트에서신 사람 같았다.

프랑스와즈 선생님과 눈이 마주치자, 아무 말 없이도 서로 무슨 생각을 하는지 알 수 있었다. 일 년 전에 선생님이 내 귀에 속삭이던 얘기가 떠올라 빙긋 웃음이 나왔다. 신출내기들이 왔으니 엄마 아빠도 이제 한 계급 올라간 것이다. 마요트 생활을 아직도 불편해하는 엄마마저 참지 못하고 신출내기들한테 조언을 늘어놓았다. 그런데 엄마의 목소리는 들떠 있었고 신경질적이었다. 엄마는 향수병에 시달리고 있었고, 천문학적인 통화료에도 아랑곳없이 외할머니한테 전화를 거는 일이 잦아졌다. 엄마는 학교에서 돌아오자마자 인터넷에 접속해서 친구들에게 이메일을 썼다. 다음 크리스마스는 베튄에서 지내기로 했기에, 엄마는 떠날 날만 기다리며 살고 있었다.

크리스마스 며칠 전, 비행기가 파만지 공항을 이륙하자 식구들 모두 어떤 안도감을 느낀 것 같다. 1년 반 만에 처음으로 인도양을 떠나는 순간이었다. 이제 집으로, 본토로, 겨울로 돌아가는 것이었다.

게다가 기적과도 같이 베튄에 눈이 내려 있었다. 많이 내린 건 아니고, 살짝 쌓였다가 몇 시간 뒤에 녹아 버렸지만, 우리는 흥분했다. 추워지는 법이 없는 섬에 있다 왔으니 말이다. 눈을 보고, 찬 공기가 와 닿자 몸이 움츠러들고, 몇 달 만에 처음으로 입김이 나오는 걸 보니, 비로소 계절의 변화가 얼마나 그리웠는지를 알 수 있었다. 마요트에서도 계절을 구분하게 되긴 했지만, 본토하고 견주기에는 턱없는 일이었다. 진짜 추위, 헐벗은 나무, 성에, 눈, 노란 수선화 길, 고개를 내민 이파리의 부드러운 초록빛, 꽃이 활짝 핀 나무, 과일이 주렁주렁 매달린 나무, 긴 여름밤, 붉게 물들어 가는 나뭇잎, 떨어지는 밤, 열두 해를 사는 동안 별로 신경 써 본 일도 없는 이 모든 게 갑자기 보물처럼 느껴졌다.

친척들이 우리를 맞아 잔치를 벌였다. 리디와 내가 너무 많이 자라서 외할아버지 외할머니는 우리를 겨우 알아봤다. 두 분도 많이 변했지만, 우리는 말을 아꼈다. 친척끼리 몇 달씩이나 못 보고, 습관처럼 하던 일을 그만두는 건 참 이상한 일이다. 아마 두 사람 곁을 떠나지 않았더라면, 동생과 나는 두 사람이 늙었다는 사실을 알아채지 못했을 것이다. 그런데 이제는 대번에 알 수 있었다.

마찬가지로 친구들과 나 사이에도 골이 깊게 패어 있었다.

나는 친구들과의 재회를 손꼽아 기다렸고, 바티스트와 니코를 보고 싶어 안달이었다. 하지만 그동안 삶은 제 길을 갔다. 우리는 헤어질 때만 해도 세상에 다시없이 제일가는 친구였는데, 1년 반 만에 공통된 추억 하나 없는, 낯선 이와 다름없게 됐다. 어린 시절을 떠나 청소년기로 접어들면서 서로 다른 길을 걷게 된 것이다.

아마 나는 나를 '고향'에 돌아온 이야기 속 주인공처럼 생각했던 모양이다. 세상 끝에 살아 보겠다고 떠난 위대한 모험가인 나를 옛날 친구들이 계속해서 그리워하고 있을 거라고 굳게 믿는 주인공 말이다. 나는 분명 친구들이 마요트에 대해, 내 생활에 대해, 고래, 벌레, 바오밥나무에 대해 질문 공세를 퍼부을 거라고 생각했다. 하지만 그동안 바티스트와 니코는 그냥 죽 살던 대로 살았고, 내가 떠나기 전과 다름없이 마요트를 우습게 생각하고 있었던 것이다! 그러다 보니 나나 애들이나 우리가 헤어진 뒤 1년 반 동안 각자 어떻게 지냈는지 별로 궁금할 것도 없었다. 얼마 안 돼서 얘깃거리가 바닥나 버렸다.

나는 본토에서의 삶의 흐름에서 벗어나 있었다. 인기 드라마 주인공 이름도, 유행하는 그룹 이름도 몰랐다……. 옷 입는 방식, 머리 모양, 심지어 서로 손을 스친 다음 주먹을 맞부딪뜨리는 인사법같이 내가 베륀에 살던 때와는 달라진 기준도 모르고 있었다. 나는 더 이상 이 동네 학교 학생이 아니었다.

베륀에는 이제 우리 집이 없었기 때문에 크리스마스 방학 내내 외갓집에 머물렀다. 친할아버지가 12월 25일에 맞춰 왔는데, 역시 많이 늙어 있었다. 오래전에 홀몸이 된 할아버지는 외르에루아르 도 보스 고원 한복판에 있는 작고 외진 마을에 살고 있었다. 진중하고 키가 작은 데다가 말수도 적어서, 나는 할아버지가 외할아버지 외할머니보다 훨씬 재미없는 사람이라고 늘 생각했다. 특히 외할머니는 정말 최고였으니 말이다. 외할머니는 요리 솜씨가 일품이고, 손자 손녀한테 선물 공세를 퍼붓고, 생일이면 파리에, 영명축일이면 릴이나 브뤼셀에 데려가 준다…….

외할머니가 생각할 때, 우리가 다시 만나는 크리스마스는 특별한 행사가 돼야 했다. 실제로도 특별한 행사가 됐다.

요정 이야기에 나올 법한 상차림에, 해산물, 푸아그라, 훈제 연어, 통닭구이, 초콜릿 맛이 나는 통나무 모양 크리스마스 케이크 같이 호사스러운 메뉴에, 크리스마스 트리는 거실 천장까지 닿을 기세였다. 트리 발치에는 색색의 선물 상자가 쌓여 있었다.

저녁이 되자, 리디와 나는 음식과 게임, 웃음, 중앙난방의 인공적이지만 기분 좋은 따스함에 취해 버렸다. 우리는 기진맥진한 채, 무거운 이불을 덮고 누워, 끊임없이 웅웅 소리를 내며 돌아가는 에어컨 소음을 듣지 않고 잘 수 있어 기뻐하며 잠자리에 들었다.

바티스트랑 니코하고 우정을 회복하는 데는 실패했지만, 나는 가족과 함께하는 어린 시절 속으로 다시 순식간에 달콤하게 빠져들었다. 크리스마스인 데다, 외할아버지 외할머니가 최선을 다해 이 집에서 숱하게 보낸 명절 분위기를 고스란히 되살렸기 때문이다. 하지만 무엇보다 두 사람은 내 친구들과 달리 하나도 변하지 않았기 때문일 것이다. 비록 얼굴에는 세월의 흔적이 나타나 있었지만.

방학이 끝날 때까지 단 한순간도 마요트나 반 친구들, 장마칠 생각이 나지 않았다.

공항에 도착하니 마음이 죄어들었다. 슬퍼서도, 처음 출발할 때처럼 걱정스러워서도 아니었다. 이번에는 무엇이 나를 기다리고 있는지 알고 있었고, 그곳 생활이 어떤지도 알고 있었으니까. 그냥 '우리 집'에서 멀리 떠난다는 생각에, 외할아버지 외할머니한테서 그냥 수천 킬로미터 떨어지는 게 아니라, 완전히 다른 세상으로 간다는 생각에 마음이 흔들린 것이다.

엄마는 비행기에 오르자마자 무너져 버렸다. 베뷘에서 방학을 보낸 게 오히려 안 좋았던 것 같다. 엄마에게는 마요트로 돌아가는 게 고문이나 다름없는 일이었다. 공항에서 엄마의 작별 인사는 꼭 영원히 이별을 고하는 것처럼 들렸다.

섬에서 1년 중 제일 힘든 시기가 왔다. 남반구 겨울이 시작되려면 아직 몇 주 더 기다려야 하는, 최악의 계절이었다. 그래도 열기와 습기로 숨이 턱턱 막히는 기후도 그 전해보다는 한결 수월히 견디게 됐다. 차를 타거나 걸어서 어떤 길을 처음 갈 때 그 길이 아주 멀게 느껴지는 것과 같은 이치다. 그다음부터는 어디로 가는지 이미 알고 있고, 지형지물을 보고 내가 어디쯤 있는지도 알 수 있으니, 같은 길이라도 훨씬 짧게 느껴진다. 나 역시 4월까지 무엇이 나를 기다리는지 알고 있었고, 4월이 지나면 기온도 습도도 뚝 떨어진다는 사실을 알고 있었다. 나는 새 환경에 익숙해지고 있었다.

어느 일요일, 우리 식구는 점심식사 초대를 받아 프랑스와즈 선생님 댁에 갔다. 나는 대번에 선생님 남편인 마지니 아저씨가 마음에 들었다. 아이들도 마찬가지였다. 막심이 열세 살, 뤼시가 열다섯 살이었는데, 뤼시는 너무나 예뻐서 점심 내내 감히 한 마디도 건넬 수가 없었다.

　마지니 아저씨는 마오레족으로는 아주 드물게 고등학교 선생님이었다. 그래서 그런지 그 화제를 피해 가려는 듯, 교사 네 명이 한 식탁에 둘러앉자 대화는 교육의 '경이로운' 측면으로 흘러갔다.

　"저는 영어 담당입니다. 마오레족 청소년들이 제일 잘하는 과목이죠. 프랑스어라면 문제가 달라지지만요."

　마지니 아저씨가 말했다.

　"고등학교에서 카뮈를 가르칠 생각을 하다니! 어디 애들이 알아듣기나 하겠습니까? 하지만 국가 교육과정이 그러니까요!"

　아빠가 말했다.

　"최악은 바로 초등학교죠. 프랑스어도 제대로 못하는 애들한테 본토 교과서 그대로 받아쓰기를 시키잖아요. 애들은 그게 무슨 소린지 반도 못 알아듣는데 말이에요! 너도밤나무, 전나무, 꿩, 다람쥐 같은 게 나오는데, 여기선 볼 수도 없는 것들이잖아요!"

　프랑스와즈 선생님이 설명했다.

　"중학교도 마찬가지죠. 제 동료가 그러는데, 중학교 졸업자격시험 작문 주제로 크리스마스 이브가 나왔다고 하더군요! 이슬람교 애들한테 크리스마스라니!"

　아빠가 말했다.

"의원님들은 학생 팔십 퍼센트가 고등학교는 마쳐야 한다고 주장하죠! 완전히 우민화 정책이 따로 없어요! 도대체 여기서 뭘 하고 있는 건지 모르겠다니까요."

엄마가 덧붙였다.

프랑스와즈 선생님이 엄마를 향해 미소 지었다.

"교사라면 누구나 한 번쯤 생각하게 되는 문제죠. 대답은 하나뿐이랍니다. 각자에게 달려 있지요."

침묵이 흐른 후, 아빠가 마지니 아저씨에게 어디서 공부를 했냐고 물었다.

"대학 입시는 레위니옹에서 치르고, 그다음에는 본토에 갔죠. 리옹이요."

"거기서 우리가 만난 거랍니다."

프랑스와즈 선생님이 말했다.

"쉽지는 않았겠네요?"

마지니 아저씨가 빙긋 웃었다.

"우리 둘이야 아무 문제 없었죠. 가족들하고야 쉽지 않았지만."

"부모님이 반대하셨나 봐요?"

엄마가 곧장 프랑스와즈 선생님에게 물었다.

"저희 부모님이요? 전혀요! 남편 쪽이 문제였어요. 아들이 백인 여자와 결혼한다니, 그런 창피가 어디 있냐는 거였죠!"

식사가 끝날 무렵, 프랑스와즈 선생님은 리디와 내가 그다음 주말을 선생님 댁에서 보내면 어떻겠냐고 엄마 아빠에게 물었다. 아이들과 더 친해지게 하고 싶다는 거였다.

한 주일 후, 프랑스와즈 선생님 가족과 이틀을 보내면서, 거의 2년 만에 처음으로 진짜 마오레족의 삶을 체험했다. 스쿠버다이빙을 하거나, 모터보트를 타고 바다 구경을 하는 게 아니라…….

리디와 나는 우리 안내인이 된 막심과 뤼시의 생활 리듬을 따랐다. 뤼시는 점점 더 예뻐지는 것 같았다. 카페오레 색깔 얼굴에 바다 같은 초록빛 눈이 더 도드라졌고, 나는 그 애에게서 눈을 뗄 수가 없었다. 어른들의 감시 없이 넷이서 시골, 도심, 해변을 거닐고, 동네 아이들과 함께 축구를 하고, 음악을 듣고, 텔레비전을 봤다. 섬에 오고 나서 처음으로 우리가 어디에 있는지, 우리가 누구인지 생각하지 않고 즐겁게 시간을 보냈다. 마요트에서 평범한 생활을 해 보자 비로소 이곳에서의 생활에 대해 아는 게 없었기 때문에 겁을 냈다는 걸 알 수 있었다.

토요일 저녁에는 막심과 뤼시의 부모님과 함께 시내의 마오레식 레스토랑에서 외식을 했다. 긴 의자와 걸상에 앉아서 등에 혹이 달린 소인 제부 고기에 바나나 튀김과 카사바 튀김을 곁들여 먹는 야외 식당이었다.

마지니 아저씨는 마요트에서 보낸 어린 시절 얘기를 우리에게 들려줬다. 그때는 마무주가 작은 마을이었고, 지금처럼 언덕 위에 나무를 베어내고 아무 데나 마구 집을 짓는 바람에 비만 오면 붉은 땅 위로 고랑이 생기는 일도 없었다고 한다. 그 시절에는 자동차도 거의 없고, 찻길도 없었다. 지금처럼 주유소에 한 시간씩 줄지어 차례를 기다릴 필요도 없고, 아이들이 줄지어 서 있는 차들 사이로 끼어들어 새치기를 한 다음에 석유가 가득 든 통을 머리에 이고 가는 걸 보지 않아도 되는 시절이었다. 아저씨는 섬의 빠른 발전 속도에 대해, 슈퍼마켓, 본토 브랜드, 휴대폰이 섬에 들어온 것에 대해 얘기했다. 아저씨의 말은 분명했다.

"본토 사람들이 들어오기 전까진, 과들루프든 타히티든 레위니옹이든 간에 섬사람들은 모두 걸어 다니는 민족이었지. 걸어 다니고, 과일을 따고, 물고기를 잡는 사람들 말이야. 초호에는 물고기가 가득했고, 시골에는 과일이 넘쳐났지. 섬에는 바나나만 해도 스물두 종류가 있단다! 지금은 이 작은 사회 전체가 슈퍼마켓 앞에 줄을 서. 게다가 본토하고 똑같이 차를 타고 슈퍼마켓에 가지. 그래 놓고는 집에선 창밖으로 쓰레기를 버려. 늘 그래 왔고, 부모 세대도 그랬으니까. 습관 때문이기도 하지만 전통 때문이기도 해. 자기들이 쓰지 않는 걸 던지면 다른 사람들이라도 활용할 수 있다는 거야. 예전과 달라진 점이 있다면, 자연 분해되는 재료가 아니라 플라스틱이 넘쳐나고, 탄산음료 용기가 돌아다니고, 쓰레기 더

미 때문에 섬이 무너지고 있다는 거야!"

또 아저씨는 시골 택시가 어떻게 영업을 하는지 설명해 주었다. 시골 택시는 아무 데서나 서고 승객 여럿을 한꺼번에 태운다는 것이다. 마요트에서는 히치하이크를 어떻게 하는지도 알려 주었다. 차를 공짜로 얻어 타고 싶으면 손을 벌리고, 돈을 낼 생각이면 주먹을 쥐면 된다.

아저씨 부부가 가족과 본토와 마오레족 친구들한테 다문화 결혼을 받아들이게끔 하느라 고생했던 이야기를 듣는 것도 좋았다. 이곳에서의 내 생활, 위치, 우리 엄마 아빠의 위치를 갑자기 훨씬 잘 이해하게 된 기분이 들었다.

그렇게 주말을 보내고 나니 내가 딴사람이 되고, 성숙해진 것 같았다. 그런 느낌은 아마도 뤼시와 나 사이에 일어난 일과 관계가 있을 것이다. 일요일 저녁에 엄마 아빠가 데리러 오기 전에 있었던 일이었다.

리디와 박심은 1층에서 놀고 있었고, 나는 뤼시 방에서 음악을 듣고 있었다. 어쩌다 보니 우리는 남자애들과 여자애들 사이의 관계에 대해 이야기하게 됐다. 나보다 두 살이 많은 뤼시는 순진한 나를 놀려 댔고, 내가 자기의 매력에 빠져 버렸다는 사실을 즐기고 있었다.

"여기서는 여자애들이 사춘기만 되면 바로 여자 대접을 받는 거

아니?"

그 애가 말했다.

나는 잘 안다는 듯 고개를 끄덕거렸다. 사실 여자애들이 어떤 식으로 사춘기를 겪는지 잘은 몰랐다.

"성관계도 본토보다 훨씬 빨리 시작해."

나는 아무 말도 못 하고 침만 꿀꺽 삼켰다.

"그런데 있잖아, 여자들은 결혼 전까지 처녀여야 해. 대신 여기선 결혼을 엄청 일찍 해! 하지만 순결을 잃은 여자애는 집안의 수치고, 다른 남자를 만날 수도 없어!"

여자애가 '순결을 잃는다'는 게 무슨 말인지 잘 이해는 안 됐지만, 나는 귀까지 새빨개졌다.

뤼시 얼굴에 미소가 떠올랐다.

"너 '구루아'가 뭔지 알아?"

"몰라."

"사랑을 나누는 건데, 넣지는 않고 하는 거야. 그냥 비비기만 하는 거지."

이 얘기에 나는 심장마비 일보 직전이었다.

"마오레족 여자애들은 다 그렇게 해. 진짜 상대를 만나기 전까지 말야."

나는 이미 한참 전부터 숨을 쉴 수가 없었다. 그때 뤼시가 눈을 반짝이며 말했다.

"너 여자가 다 벗은 거 한 번도 못 봤지?"

나는 몇 달 전에 같이 헤엄을 친 적이 있는 바다거북처럼 말문이 막혀 입만 쩍 벌리고 있었다.

그러자 뤼시는 침대에서 일어나더니 내 눈앞에서 순식간에 알몸이 됐다.

심장이 너무 쿵쾅거려서 아플 지경이었다. 그렇게 아름다운 것은 단 한 번도 본 적이 없었다. 그렇게 겁나는 걸 보는 것도 처음이었다.

우리는 얼마간 움직이지도 않고 그냥 그렇게 있었다. 뤼시는 내 눈을 똑바로 보며 나를 마주하고 있었다. 그러다 갑자기 옷을 다시 입더니, 악의는 없지만 재미있다는 듯이 말했다.

"너희 본토 애들은 여자애들 대하는 법을 정말 모르는구나. 너무 꽉 막혔어. 괜히 요란만 떨지!"

5

마요트에서 세 번째로 새 학년을 맞았다. 이곳 생활도 벌써 절
반이 지났고, 그동안 뭔가 변화가 있었다. 이번이 세 번째였으니
다음번이 마지막이고, 다음 학년도가 끝나면 다시 비행기를 탈 예
정이었다. 예전에는 온 가족이 섬 곳곳을 돌아다녔는데, 언젠가부
터 갑자기 가족이 다 함께 다니는 일이 없어졌다. 일상이 자리를
잡나 싶더니 어느덧 기다림으로 변했다. 떠날 날에 대한 기다림,
미리 준비를 시작해야 하는 본토에서의 새로운 생활에 대한 기다
림이었다. 엄마를 무감각과 의기소침한 상태에서 벗어나게 할 수
있는 화제라고는 그것뿐이었다. 엄마는 신경질적으로 변했고, 노
상 피곤한 기색이었고, 계속해서 병가를 냈다. 나는 상황이 이런
데 왜 엄마 아빠가 4년을 채우기로 결정했는지 도무지 이해할 수
가 없었다. 2년이 지났을 때 계약을 연장하지 않을 수도 있었는데
말이다. 엄마는 열대지방, 기후, 음식, 일을 못 견뎌 했다. 이야기
를 하다가 무심코 인종주의적인 말을 하기도 했다. 몇 달 전만 해

도 마요트에서 맡은 임무를 회의적으로 생각하더니, 이제는 대놓고 삐딱하게 부정적으로 바라보게 됐다.

엄마 아빠는 노르 지방에 어떤 집을 살까 얘기하는 때가 잦아졌다. 노르로 발령이 나는 게 확실해진 뒤로, 릴에서 15분 정도 떨어진 작은 마을인 봉뒤를 점찍어 놓고, 셈을 맞춰 보고, 비과세 파견수당 총액을 거듭 계산하고, 저금에다 더해 보고, 부동산 대출 금리를 따졌다. 본토에서는 외할머니와 엄마의 제일 친한 친구 솔렌 아줌마가 벌써 여러 부동산을 돌아보면서 엄마 아빠가 꿈꾸는 집을 찾아다녔다. 어쩌다가 이메일로 사진과 광고를 받으면, 엄마 아빠는 거기에 온통 정신이 팔렸다. 어느새 마요트는 두 사람의 안중에 없었다.

나한테는 정반대 현상이 일어나고 있었다.

중학교 2학년 첫날, 2년을 유급한 마오레족 여자애 옆자리에 앉게 됐다. 나는 열네 살, 그 애는 열여섯 살이었다. 자이나바라는 애였는데, 달처럼 동그란 얼굴에 이따금씩 햇살같이 환한 미소가 떠올랐다. 그 애는 흑백의 아주 우아한 전통 의상을 입고, 진한 바닐라향 향수를 뿌렸다.

자이나바는 프랑스어 회화에는 문제가 없었지만, 글을 쓸 때는 발음 나는 대로 쓰고, 초등학교 저학년들이나 하는 실수를 했다. 게

다가 역사와 지리 수업을 제대로 못 따라가서, 결국 단 몇 주 만에 선생님 대부분이 어깨를 으쓱하며 절망적으로 한숨을 내쉬었다.

나는 공부를 잘했으니 그 애를 도와주고 싶었다.

자이나바는 열심이었고, 잘하고 싶은 마음은 있었지만 그러지를 못했다. 그렇지만 명랑하고 재미있는 애였고, 삶을 대하는 태도는 나보다 훨씬 성숙했다. 열여섯 살에 벌써 어른 같았다. 그 애의 유일한 문제는 바로 학교가 아닐까 싶었다.

점심시간과 방과 후에 잠깐씩 같이 복습을 하다 보니 우리는 친구가 되었다. 어쩌면 친구 이상의 관계였는지도 모르겠다. 자이나바는 아침에 나를 보면 얼굴을 환히 빛냈고, 하루 종일 내 곁을 떠나지 않았다. 나도 그 애가 좋았다. '학습 도우미' 역할을 하고 있자면 내가 실제의 나보다 더 중요하고, 나이 든 사람이 된 것 같아 좋았던 것 같다. 내가 다른 친구들을 대할 때 제일 힘들었던 게 바로 그거였다. 나는 아직도 어린애에 불과하다는 생각이 들었고, 성숙하지 못한 내 모습이 창피했던 것이다.

2학기 어느 날 저녁, 수학 시험 하루 전날이었다. 자이나바는 자기 집에 가서 공부를 하자고 졸랐다. 자이나바는 우리 집에 와 본 적이 있어서 리디와도 아는 사이였지만, 내가 그 애 집에 가는 건 처음이었다.

자이나바네 집 본채는 야자수 잎을 엮고 사이사이에 양철판과

쌀 포대를 넣어 보강한 울타리로 둘러싸여 있었다. 물결 모양의 양철 지붕을 올린 흙집이었다. 여자 한 명이 베란다 바닥에 모로 누워 있었고, 한 살에서 다섯 살 사이 아이 넷이 마당의 붉은 흙 속에서 놀고 있었다. 그중에서 한 살 반쯤 된 아이 하나가 서툰 걸음으로 달려와 자이나바의 다리에 매달렸다. 자이나바는 아이에게 입을 맞추더니 시마오레어로 몇 마디를 건넸다.

"동생이 여러 명이야?"

내가 물었다.

"배다른 동생들까지?"

"배다른 동생?"

"아빠한테 부인이 네 명 있는데, 애들은 전부 열다섯 명이야. 그러니까 난 형제자매가 열네 명이지. 배다른 애들까지 치면."

자이나바는 누워 있는 여자 쪽으로 돌아서서 뭐라고 말을 했다. 하지만 돌아온 대답은 무뚝뚝했다. 나는 물론 무슨 말인지 알아듣지 못했다.

"우리 엄마야. 숙제해야 된다고 했어. 원래는 내가 동생들을 돌보고 저녁 준비를 해야 하거든."

자이나바가 설명해 줬다.

마당에는 화장실과 샤워 시설이 있었다. 예전에 텔레비전에서 본 서부극이 떠올랐다. 양철 담장 뒤로 몸을 숨긴 주인공이 통 속에 든 물을 머리 위로 쏟아 붓는 장면 말이다. 수도 시설도 없는 동네였지만, 야자수 몸통 위쪽에는 위성방송 수신 안테나가 달려 있었다. 기둥 위에 매달린 식료품 찬장과 닭장을 지나니 야자수 잎으로 덮인 작은 집 한 채가 있었다.

"여기가 내가 사는 데야. 남자애들은 자기들 '방가'에 사는데, 마을 다른 쪽에 있어."

"방가가 뭔데?"

"애들이 사는 작은 집! 원래는 남자애들만 사는 덴데, 어린애들만 빼고는 집에 여자밖에 없고 내가 맏이다 보니까 이 방가에 살게 됐지. 본채에는 '푸코'가 두 개밖에 없거든. 남자 방은 길 쪽으로 나 있고, 여자 방은 안마당 쪽으로 나 있어. 아빠는 보통 한 달에 한 번만 들르고, 어쩔 때는 두 번도 와."

자이나바의 방가에는 방이 하나밖에 없었다. 다진 흙바닥에 흙벽으로 된 방이었다.

"맘에 들어?"

자이나바가 문을 닫으면서 내게 물었다.

갑작스러운 어둠에 눈이 적응하기까지 시간이 조금 걸렸지만, 그랬다. 마음에 들었다. 적당히 선선한 기운, 하나뿐인 창문에 드리워진 원색의 천 사이로 스며드는 빛, 화려한 천이 덮여 있는 침대…… 자이나바를 쳐다보자 내 얼굴이 달아올랐다. 그 애가 나를 뚫어져라 보고 있었기 때문이다. 자이나바의 미소는 평소와는 달랐다. 그 시선에서 뭔가 새로운 것이 느껴졌다. 아니, 어쩌면 그때까지 내가 알아차리지 못했을 뿐인지도 모르겠다. 자이나바가 첫날부터 나한테 반했다는 사실이 이제야 명백히 드러난 것이다.

우리 둘이 다음 날 수학 시험에서 받은 형편없는 점수는 잊어버렸지만, 자이나바의 방에서 보낸 순간들은 하나도 잊지 않았다. 주고받은 말이나 몸짓 하나하나가 아니라, 내 안에서 교차되던 두려움, 당황, 행복감, 충만함 같은 감정들 말이다.

자이나바가 옷을 벗었다. 뤼시가 몇 주 전에 그랬던 것과는 달랐다. 훨씬 더, 정말로 알몸이 된 것이었다. 나를 놀리거나 장난을 치려는 것도 아니었다. '구루아'를 하려는 게 아니라, 정말로 사랑을 나누려는 것이었다. 나는 손끝 하나 까딱할 수 없었다. 자이나바가 내 옷을 벗기고는 자기 몸 안으로 이끌었다.

겨우 20초쯤 지났을까, 자이나바가 웃음을 터뜨렸다. 하지만 나쁜 뜻이 있는 것도 아니었고, 비웃는 것도 아니었다. 단지 자연스럽게 말했을 뿐이다.

"너희 백인들은 최소한 빨라서 좋구나!"

다른 사람이었더라면 심하게 모욕을 느꼈을지도 모르지만, 나는 웃어 버렸다. 웃으니까 억눌려 있던 걸 다 털어 버릴 수 있었다.

그리고 나니 사랑을 나눌 수가 있었다. 마치 세상이 내 눈앞에 모습을 드러내는 것 같았다. 어린 시절이라는 안개가 영원히 걷힌 것이다.

몇 분이 지난 뒤, 땀에 젖은 채 알몸으로 자이나바의 곁에 누워 있으려니, 영화 속 인물이 된 것 같았다. 남녀 주인공이 사랑을 나눈 다음 침대에 누워 있다가, 남자가 담배에 불을 붙이고, 여자는 그 담배를 몇 모금 빨고 나서 일어나 자기 몸에는 너무 큰 남자 셔츠를 걸치는 영화 말이다.

물론 영화 속 방은 흙벽도 아니고, 천장에 도마뱀붙이가 붙어 있는 일도 없다. 또 영화 속 남자 주인공은 어른이지, 감격으로 몸을 떠는 어린애가 아니다.

방문을 두드리는 소리에 이어 자이나바네 엄마의 퉁명스러운 목소리가 들려왔다.

자이나바는 바로 침대에서 일어났다. 벗은 몸이 아름다웠다. 내게 아들을 돌보러 가야 한다고 말했다.

자이나바는 옷을 입고 나서 내게 키스를 하고는 사랑한다는 말을 남기고 방에서 나갔다. 하지만 내 귀에는 사랑 고백이 들어오지 않았다. 그 고백 전에 들은, 이해할 수 없는 말이 너무나 충격적이었기 때문이다. 아까 자이나바의 다리에 매달린 꼬마가 바로 자이나바의 아들이었던 것이다.

자이나바는 나중에야 어떤 남자와 '심각하지 않은' 관계를 가진 적이 있다고 말해 주었다. 결혼 전에 순결을 잃는 불명예를 얻고, 마무주 산부인과에서 아기를 낳았다는 것이다. 마무주 산부인과는 본토에서 세운 기관으로, 1년에 가장 많은 아이들이 태어나는 곳이었다. 남자들의 시선이 변했고, 남자 친척들마저도 자이나바를 다른 눈으로 보았다. 순식간에 쉬운 여자, 창녀 같은 여자가 돼 버린 것이다. 심지어 자이나바의 엄마도 그렇게 생각했다.

자이나바의 말은 앞뒤가 하나도 안 맞았다. 열다섯 살이 되기도 전에 아들을 낳는 일을 겪었으면서도, 남자가 여자를 사랑한다면 임신을 시켜야 한다는 거였다. 그게 바로 진짜로 사랑한다는 증거라나……. 물론 결혼을 전제로 말이다. 마요트 젊은 여자들과 마찬가지로, 자이나바는 일부다처제를 원치 않았다. 게다가 얼마 전부터 일부다처제는 공식적으로 금지됐다. 사실 남자들도 일부다처제에 더 이상 집착하지 않았다. 실업률이 본토보다 세 배나 높고 최저임금은 절반밖에 안 되는 섬에서 가정을 여럿 꾸리기란 힘든 일이기 때문이다. 자이나바는 평생 자기만 사랑하고 바라봐 줄 단 한 사람을 기다리고 있었다.

그런 상황에서 나는 어디쯤 서 있었을까? 그때는 그런 생각조차 해 볼 수가 없었다. 나는 내 애인의 몸과, 그 몸을 통해 느껴지는 감각에 푹 빠져 있었다. 자이나바의 눈빛에서 느껴지는 사랑에

홀려 있었고, 내가 감미롭고도 탐욕스러운 욕망을 불러일으킬 수 있다는 생각에 빠져 버린 것이다.

나는 사랑을 나누는 데 중독됐고, 남자가 된 기분에, 둘이서 주고받는 쾌락에, 내 몸, 심장, 영혼으로 돌연 느끼게 된 감각들에 중독됐다. 비로소 온전한 내가 된 것 같았다. 오래전부터 나도 모르게 품어 온 기다림을 떨쳐 버리게 됐다. 자이나바와의 관계 말고 다른 일에는 아무 흥미도 느낄 수 없었고, 그럴 여유도 없었다. 어떻게 수업이나 가족, 아니면 바다, 비, 태양 따위를 달아오른 우리 둘의 몸이 만들어 내는 느낌에 견줄 수 있을까?

성적은 곤두박질쳤고, 우리는 수업을 빼먹고 언제 어디서나 사랑을 나누기 시작했다.

오래지 않아 프랑스와즈 선생님이 나를 찾아 나섰다.

"위고, 요즘 도서실에서 통 안 보이더라."

"그게……."

"거짓말은 그만둬. 나한테는 안 통해. 내가 바보인 줄 아니?"

내가 뭐라 대답을 못 하자, 선생님이 말을 이었다. 야단을 치는 건 아니었다.

"자이나바랑 무슨 일이 있는지 모르는 줄 아니? 마오레족 여자애한테 빠진 백인이 너밖에 없다고 생각해?"

선생님은 미소를 지었다.

"위고, 널 나무라는 게 아냐. 잘잘못을 따지자는 것도 아니고. 어차피 네 인생이니까 내가 상관할 일은 아니지. 하지만 조심하렴. 이 년 반을 살았다고 해서 마요트나 마오레족을 제대로 아는 건 아니란다. 마오레족 여자들은 더 그렇고 말야. 자이나바를 조심해. 고생을 많이 한 애야. 걔가 너한테 홀딱 반한 건 확실해. 벌써 애가 있고, 성에 일찍 눈떴다고 해서 사랑이 없어도 되는 건 아니란다. 그렇게 생각하면 큰 오산이야."

"하지만 전 그 앨 사랑해요!"

나는 진지하게 이렇게 말하며 변명했다.

"그 애를 사랑하니, 사랑을 나누는 걸 사랑하니?"

대답을 하려는데 선생님이 막았다.

"위고, 이건 어려운 문제야. 대답은 안 해도 돼. 그 앨 사랑한다는 말을 믿는다. 네가 진심이라고 믿어. 하지만 가끔은 이 문제를 생각해 보겠다고 약속해 주렴."

내가 고개를 끄덕이자 선생님이 덧붙였다.

"콘돔은 쓰니?"

내가 곧바로 에이즈를 떠올린 걸 선생님이 알아차린 모양이다.

"위고, 에이즈까지 갈 것도 없어! 아기가 생길 수도 있다는 거야!"

나는 생각에 잠긴 채 발걸음을 옮겼다. 내 몸은 나한테 그렇다고 하지만, 내가 진짜로 자이나바를 사랑하고 있을까?

자이나바네 집에서 만나기로 약속이 돼 있었다. 집에 도착해 안으로 들어가면서 자이나바네 엄마에게 인사를 했다. 그 애 엄마는 늘 베란다에 누워 있었고, 이제 내가 오가는 데 익숙해져 있었다. 나는 그 아줌마가 조금 무서웠다. 자이나바에게서 자기 엄마가 '진'이라는 귀신에 들려서 가끔 이상한 언어로 말을 한다는 얘기를 들었기 때문이다. 그런 얘기는 사실 벌써 많이 들어 봤다. 진은 마오레족 문화에 깊게 뿌리내린 존재였으니 말이다. 처음에는 동화에 나오는 장난꾸러기 요정이나 난쟁이 요정 정도로 생각하고 웃어넘겼다. 하지만 자이나바가 아주 심각한 얼굴로 자기한테도 가끔 귀신이 와서 성가시게 군다고 한 뒤로는 더 이상 어떻게 생각해야 좋을지 모르게 됐다.

자이나바는 방에서 나를 기다리고 있었다. 그 애에게 사랑과 피임에 대해 얘기할 생각이었지만, 무슨 얘기를 먼저 꺼내야 할지 알 수가 없었다.

자이나바가 나를 와락 껴안았다. 그러고는 옷을 벗으면서, 자기가 너무 마르지 않았냐고 물었다. 마요트에서는 본토하고는 반대로 뚱뚱해야 예쁜 여자로 대접 받기 때문에, 날씬한 여자들은 페리악틴이라는 항알레르기 약을 먹어서 몸무게를 늘리고 풍만해지려고 했다. 페리악틴은 금지된 약물이었는데도 말이다.

자이나바는 내 앞에서 패션쇼 무대에 오른 모델처럼 포즈를 취했다. 그 애는 완벽 그 이상이었다. 나는 순식간에 걱정 근심을 잊어버리고 그 애를 침대로 데려갔다.

6

나는 간신히 3학년으로 올라갔다. 평균 점수는 최악이었다.

엄마 아빠는 꿈에 그리는 집을 찾는 데만 온통 정신이 팔려서 다른 일에는 아무 관심도 없었다. 두 사람은 벌써 본토에서 미래를 살고 있었던 것이다. 내가 변했다는 걸 얼핏 알아차리기는 했지만, 전보다 짜증이 좀 늘었겠거니, 하며 사춘기 탓으로 돌렸다. 피해 갈 수는 없지만 금방 지나가는 '병' 말이다. 외할머니는 이 병에 대해 이렇게 말했다. "어차피 오래가진 않을 게다!"

리디는 아직 귀엽게 굴 나이였다. 그 애는 열한 살이었는데, 사실은 귀여운 척할 뿐이라는 게 내 눈에만 보이는 모양이었다. 열심인 척만 했고, 내 신경을 엄청 긁어 댔다. 실제로는 꾸밈없는 태도를 잃어버렸고, 아무것에도 관심이 없었고, 예전처럼 엄마 아빠를 따르지도 않았다. 리디도 유년기라는 천사의 날개를 버리고 사춘기에 들어섰다. 나는 이미 자이나바의 품 안에서 안심하고 홀가분하게 그 날개를 떼어 버린 지 오래였다.

폭탄은 어느 금요일 수학 시간과 미술 시간 사이에 터졌다.

"나, 할 얘기 있어!"

자이나바가 목소리를 낮춰 말했다.

주변에는 우리 둘 말고도 반 친구들이 있었다. 다음 교실로 옮겨 가던 중이었다.

"나, 임신했어."

순간 발걸음을 우뚝 멈췄다. 눈 깜짝할 사이에 머릿속에서 곡예가 펼쳐졌다. 자이나바가 임신을 했어? 그렇다면 다른 남자랑 놀아났다는 얘기네. 이렇게 생각하니 질투심이 끓어올랐다. 형이나 누나보다 더 큰 케이크나 선물을 받고 싶어 하는 어린애 같은 질투가 아니라, 어른들이 말하는 진짜 질투였다. 하지만 처음 느껴 보는 이 강렬한 아픔은 오래가지 않았다. 자이나바와 눈이 마주치자마자, 그게 내 아기라는 무시무시한 사실을 알 수 있었다.

자이나바는 미소를 띤 채 나를 바라보고 있었지만, 나는 입을 다물 수기 없었다. 뭐라 말도 나오지 않았고, 감정을 표현할 수도 없었다. 그대로 마비 상태가 되어, 정말로 아무 생각도 말도 떠오르지 않았고, 아픔도 기쁨도 느껴지지 않았다.

그렇게 얼빠진 사람처럼 다음 시간을 보냈다. 수업에 들어갔지만 내용은 귀에 들어오지 않았고, 선생님이나 짝에게도 기계적으로 대답만 했다.

조금씩 조금씩 감정이 올라오기 시작했다. 그러자 기분이 너무 찜찜했다. 점심시간 전에 영어 수업이 있었지만, 도저히 기운이 나지 않았다. 학교를 벗어나 길을 걷다 보니 어느덧 인적이 뜸한, 짙은 밤색 모래가 깔린 해변까지 가게 됐다.

나는 마음의 준비가 안 된 상태였다. 내가 살아온 나날도 세상도, 엄마 아빠나 친구들도, 내가 받아 온 교육도 이런 일에 대비하는 법은 알려 주지 않았다. 내 나이 열다섯에 갑자기 맨몸으로 평행우주 속으로 내던져지다니, 상상할 수도, 아니, 아직까지 상상해 보지 않은 일이었다. 이건 말 그대로 내 힘 밖이었다.

있을 수 없는 일이었다. 하지만 그 순간 나도 모르게 스스로 아직은 어린애라고 생각하고 있었다는 걸 깨달았다. 지난 몇 달 동안 일어났던 일들에도 불구하고, 아빠가 될 수도 있다는 생각은 꿈에도 안 해 봤다! 정신적으로야 어림없는 얘기였지만, 육체적으로는 충분히 가능한 일인데!

바다가 잔잔하고, 고요하고, 평온해서, 물속에 들어가 헤엄을 치고 싶어졌다. 나는 셔츠, 바지, 슬리퍼를 벗어 버리고, 속옷 바람으로 맑은 물속으로 들어갔다. 물이 차갑게 느껴졌다. 3년 전만 해도 수온이 17도밖에 안 되는 영국해협에 풍덩 뛰어들었는데, 이제는 27도 또는 28도나 되는 인도양에도 까탈을 부리게 된 것이다.

한참 수영을 하니 마음이 진정됐다. 이제 겨우 찬찬히 생각할 수 있게 된 것이다. 그러자 엄청난 현실이 나를 짓눌렀다.

자이나바가 내 아이를 가졌다니.

온갖 감정이 뒤엉켰다. 어안이 벙벙하면서도 두려웠고, 그러면서도 나도 모르게 바보같이 자랑스럽기도 했다. 반듯이 누운 자세로 배영을 시작했다. 티 없이 파란 하늘을 바라보며, 프랑스와즈 선생님의 질문을 다시 생각해 봤다. "그 애를 사랑하니, 사랑을 나누는 걸 사랑하니?"

자이나바의 임신 소식에 번쩍 눈이 열리고 마음이 깨어났다. 답이 곧바로 떠올랐던 것이다. 아니, 나는 자이나바를 정말로 사랑하지 않았다. 그냥 반했던 것이다. 하지만 반한다는 건 결국, 제아무리 진심이라 한들 이기적일 수밖에 없다는 것도 동시에 깨달았다.

나는 자이나바와 사랑을 나누는 것을 사랑했다. 물론 육체적인 관계였지만, 그렇다고 그게 다는 아니었다. 내가 자이나바에게 푹 빠져 있고, 자이나바도 나한테 홀딱 반해 있다는 사실을 사랑했던 것이다. 우리 눌은 서로에게 욕구를 느꼈고, 마법 같은 쾌락을 몸으로 주고받았다. 나는 우리의 은밀한 만남이 좋았다. 드디어 진짜 인생을 사는 것 같아 황홀했고, 나한테도 뭔가 엄청난 일이 일어나는 것 같았으니까. 엄마 아빠가 알려 준 것도 아니고, 엄마 아빠나, 두 사람의 인생하고는 아무 상관도 없는, 오롯이 나하고만 관계 있는 일이라는 게 좋았다. 애인한테 다정하게 굴고, 배려해 주는 게 좋았다. 어떤 때는 강하게 나가기도 하고, 내 멋대로 구는 것도 좋았다. 자이나바 곁에 있으면 남자가 된 것 같아서 좋았다.

몸과 마음을 바쳐, 있는 힘을 다해서 이 모든 걸 겪었지만, 자이나바와 남은 인생을 함께하거나, 그 애 배 속에 든 아기의 아빠가 되기에는 내 사랑이 부족했다.

눈에서 눈물이 떨어지기 시작하더니 바닷물에 섞여 들었다. 스스로가 한심하고, 나도 모르게 자이나바와의 관계를 마요트 생활과 마찬가지로 일시적인 것이라고 여겨 왔다는 생각에, 부끄러워서 눈물이 났다. 물론, 계산된 행동은 아니었고, 4년 후면 떠나니까 뭐든 해도 된다고 생각해 본 적도 없다! 내가 떠난다는 사실은 내 의지나 이성과 상관없이 이미 정해진 일이었다. 그런 데다가 나는 온통 들떠서 4년이 지나면 자이나바와의 불장난도 끝난다는 사실을 생각해 보지 않았다. 아니, 생각하고 싶지 않았는지도 모른다. 어쩔 수 없는 사실이었는데도 말이다.

나는 그저 마요트에 잠깐 머무는 음중구에 불과했다.

약속대로 점심시간에 자이나바를 만나러 갔다. 그 애는 반쯤 어둠에 잠긴 방 안에서 침대에 - 우리 침대에 - 앉아, 꼼짝도 않고 나를 기다리고 있었다.

내가 들어가자, 그 애는 눈을 크게 뜨고 나를 바라보았다. 그 애도 울었다는 걸 알 수 있었다.

"다시는 못 보는 줄 알았어!"

자이나바의 목소리가 떨렸다.

나는 대답하지 않았다. 그러자 그 애가 말을 이어 나갔다.

"위고, 넌 기쁘지 않구나. 우리 아기가 생긴 게 기쁘지 않은 거지! ……너네 백인들은 왜들 난리인지 모르겠어. 아기는 기쁨인데 말야!"

첫 번째 아기가 어떤 기쁨을 줬냐고 물어보고 싶었다. 그 꼬마는 이제 겨우 걸음을 떼는데, 자이나바가 별로 돌보지 않아서, 반쯤 벌거벗고 하루 종일 마당에서 돌아다닌다. 자이나바에게는 불명예와 가족들의 무시만 가져다준 아이였다.

자이나바가 계속 말했다.

"난 우리 아길 사랑해. 위고 널 사랑하니까. 넌 나한테 잘해 주고, 다정하니까. 이렇게 친절한 앤 네가 처음이야. 쾌락도 맛보게 해 주지. 우린 사이도 좋잖아. 아기는 널 닮을 거야."

목이 메었다. 깊은 슬픔이 나를 파고들고, 내 몸과 마음 구석구석까지 젖어 들고 있었다. 나는 자이나바의 말에, 그 가슴 아픈 사랑 고백에 귀를 기울였다. 그런 고백을 받을 자격도 없다는 건 잘 알고 있었다.

"위고, 너랑 살고 싶어. 본토까지, 네 고향까지 따라갈 수 있어.

우린 아기랑 같이 잘살 수 있어. 위고, 우린 천생연분이야."

나는 그 애가 어떤 마음으로, 얼마나 진심으로 그 말을 하는지 알 수 있었다. 그런데도 그 멋진 얘기가 곧이들리지만은 않았다. 나도 모르게 그 얘기를 달리 해석하게 됐다. 그 순간에는 감정이 격해지다 보니 혼란스러울 뿐이었지만 곰곰이 되짚어 보니 생각이 정리됐다.

나는 백인, 음중구, 본토 아이였다. 나는 뭐든 꿈꿀 수 있고, 나를 위해서라면 여태까지도 온갖 정성을 들여 왔고, 앞으로도 그럴 엄마 아빠가 있었다. 본토에 돌아가 대학 입시만 성공하면 공부도 계속할 수 있었다. 그런 나, 열다섯 살 위고에게는 자이나바의 인생을 바꿀 수 있는 힘이 있었다. 내가 없다면 자이나바의 미래는 어떨까? 열다섯 살에 벌써 아기 엄마에, 배 속에는 두 번째 아이가 있고, 동생들은 셀 수 없이 많았다. 아빠는 없는 거나 마찬가지인 데다, 엄마는 귀신에 들렸고, 대학 입시를 볼 것도 아니었다. 본토 생활 방식을 동경하는 마요트에서 그 애의 미래는 어떨까? 내가 천생연분이란 말은 사실 날 평생 사랑할 준비가 돼 있다는 말이었다는 걸 안다. 하지만 내 귀에는 자꾸만 내가 자기를 구해 줄 사람이라는 말로 들렸다. 그런 생각이 끔찍하게 싫었다. 어쩌다가 잠깐 마요트에 살게 됐다고 해서 갖은 혜택을 누리는 백인이 된 거였다. 그 순간만큼은 나를 여기로 데려온 엄마 아빠가 너무 미웠다. 나한테 이런 위치, 생각을 심어 주고, 이렇게 감당하기 버거운 상황으로 날 밀어 넣다니.

나랑 본토에 살러 간다면 자이나바의 인생은 완전히 달라지겠지. 하지만 그런 일은 없을 거다. 확실하다. 내가 애써 눈물을 삼키는 것만 봐도 알 수 있다. 늘 보살핌만 받는 겁 많은 백인 꼬마로 돌아갈 테니까. 지금은 너무 싫어진 예전의 내 모습으로 돌아가서, 다른 사람들한테, 어른들한테 떠넘길 생각이었다. 자이나바의 품 안에서 남자가 된 기분이 들었던 건 그냥 망상이었다. 나한테는 그럴 자격이 없었다. 감당할 능력이 없었다.

엄마 아빠한테는 도저히 말할 수가 없었다. 그래서 프랑스와즈 선생님한테 전부 다 고백했다.

선생님은 나를 배려해서 아무 탓도 하지 않고, 미리 경고하지 않았냐고도 하지 않았다. 그냥 슬퍼 보였다.

그런 다음 나는 나한테 불어 닥친 거센 바람에 몸을 내맡겼다.

엄마 아빠가 나서서 며칠 만에 정리를 끝냈다. 나는 서둘러 엄마 아빠가 베튄에서 근무하던 학교로 전학을 가서 3학년을 마치게 됐다. 외갓집에 살기로 했고, 나흘 뒤에 비행기를 탈 예정이었다. 그동안은 학교에도 못 가고, 자이나바도 만날 수 없었다.

어느 날 저녁, 방에 있는데 엄마 아빠가 말하는 소리가 들려왔다. 엄마는 내가 듣고 싶지 않은 얘기를 했다.

"그 깜둥이는 도대체 무슨 꿍꿍이속으로 그런 거야? 우리 아들을 꼬드기면 우리가 가만히 있을 줄 알았나? 웃기지도 않아……."

그 말을 들은 순간, 평생 잊을 수 없겠구나 싶었다. 마요트가 왜 우리를 이렇게 만들었을까? 엄마 아빠, 나, 언제나 관용을 가르쳐 준 우리 엄마, 다 왜 이렇게 된 걸까?

아니, 자이나바는 나를 꼬드긴 게 아니다. 그 애는 날 진심으로 사랑했고, 내가 천생연분이라고 믿었다. 내가 그랬듯이, 아무 생각 없이 그냥 사랑에 몸을 던진 거다. 아기는 그 애 혼자서 만든 게 아니었다.

나는 베개로 얼굴을 가렸다. 다시는 아무 소리도 듣고 싶지 않았다. 내 안에서, 엄마 아빠와 나 사이에서 뭔가가 무너져 내렸다. 내 인생이 부끄러웠다.

프랑스와즈 선생님이 작별 인사를 하려고 배 입구에서 기다리고 있었다. 선생님은 날 꼭 안아 주었다.

"위고, 여기서 겪은 일, 하나도 잊으면 안 된다."

선생님이 내 귀에다 말했다. 부모님과 리디는 뒤쪽에서 기다리고 있었다.

"하지만 아무것도 모르겠어요!"

나는 눈물을 글썽이면서 대답했다.

"알게 될 거야, 위고. 알게 될 거란다……."

두 시간 후 파만지 공항에서, 식구들과 나는 어색하게 작별 인사를 나눴다. 엄마는 그리 오래 걸리지 않을 거라고, 다음해 여름이면 다 본토로 돌아갈 거라고 했다. 가을이면 새집도 생기고, 우리 일상으로 돌아갈 거라는 얘기도 했다. 아빠는 나를 사랑한다고 했고, 리디는 울었다.

비행기 안에서는 스튜어디스 두 명이 마요트 모기들이 승객을 따라 탔을까 봐 살충제 스프레이를 뿌리고 있었다. 그때 내 앞에 두 갈래 길이 뚜렷이 보였다. 당장 자리를 박차고 일어나서 비행기에서 내리겠다고 우기기만 하면, 인생이 완전히 바뀐다. 자이나바 배 속에 든 아기의 아빠가 되어, 원래 주어진 삶과는 다르게 사는 거다. 하지만 나는 자리에 얌전히 앉아, 안내 방송에 따라서 안전벨트를 맸다.

비행기가 활주로를 달리더니 하늘로 날아올랐다. 내 자리는 창 쪽이어서, 비행기가 S자 물길 상공을 지나자 돌고래 수십 마리가 보였다. 하늘에서 보니, 마요트는 해마가 머리를 아래로 내린 것 같은 모습이었고, 초호도 한눈에 들어왔다.

갑자기 눈물이 쏟아졌다. 나는 지칠 대로 지쳐 있었다. 옆 사람이 곁눈질로 흘끔거려서, 벽 쪽으로 바싹 붙어 앉았다. 팔로 얼굴을 가리고, 손으로는 머리카락을 움켜쥐고, 팔꿈치는 허벅지에 올렸다. 오랫동안 그 자세로 흐느껴 울었다. 다시는 마요트도 자이나바도 볼 수 없겠지. 다 지난 일, 끝난 일이었다. 내 인생의 한 장이 막을 내린 것이다. 열여섯 시간만 지나면, 나는 세상 반대편에 가 있게 된다.

목욕물이 식어서, 발로 수도꼭지를 틀었다. 다리부터 천천히 몸을 따라 올라오는 이 따뜻한 느낌이 좋다. 늘 뜨거운 물에 목욕하는 게 좋았다. 피부가 새빨개지고, 도저히 견딜 수 없을 정도가 될 때까지 물을 잠그지 않는다.

다시 아빠 생각을 해 본다. 아빠가 던진 함정 같은 질문과, 나올 듯 말 듯 혀끝에서 맴돌기만 하는 대답을 생각해 본다. 엄마 아빠는 내가 어떤 애가 됐는지 아무것도 모르는 것 같다. 프랑스와즈 선생님 말이 맞다. 선생님은 내가 떠나던 날, 언젠가는 내가 알게 될 거라고 했다. 꼭 마요트 얘기가 아니라, 마요트가 나한테 어떤 영향을 미쳤는지 알게 될 거란 얘기였다.

우습지만, 시간이 흐르면 기억이 과거를 미화시킨다. 조금씩 조금씩, 몇 달이 흐르면서 마요트에서의 나와 지금의 나 사이에 거리가 생기자, 나는 기억을 추리고, 나쁜 쪽보다는 좋은 쪽을 보려고 한다. 느닷없이 마요트 생각이 나는 때가 있다. 예를 들자면, 날이

점점 길어지면서, 오후 다섯 시쯤이 되면, 초호 위로, 마무주 위로, 학교 위로, 자이나바의 방 위로 해가 지고 있겠지, 하는 생각이 든다... 그때로 돌아가고 싶은 마음은 없지만, 알고 지내던 사람들에 대한 일종의 애정은 깃들여 있다. 그 사람들은 지금 뭘 하고 있을까? 나는 학교를 막 나섰는데. 날씨는 어떨까? 여긴 첫서리가 내렸는데. 프랑스와즈 선생님은 늘 그렇듯이 바플라이에 가서 교육부 신출내기들을 환영하고 있을까? 자이나바는 학교를 계속 다닐까? ......

마요트는 내 인생, 내 기억에서 한 부분을 차지하고 있다. 지금 생각해 보면, 마요트에 살았던 경험은 내 인생을 바꿔 놓았다. 적어도 삶의 방향에 영향을 준 건 사실이다. 본토로 돌아온 후로 일어난 일들을 보면 말이다.

2부

세상의 반대편

7

한겨울에 본토에 돌아와서 재적응하려니, 마오레족 사이에서 내 자리를 찾을 때만큼 힘들었다. 처음에는 어디에도 속하지 않은 것 같아 불편했다.

나는 외갓집 3층에 있는 큰 방을 혼자 썼다. 방학 때면 리디와 함께 쓰던 방이었다. 혼자서 25㎡짜리 방을 쓰는 것도 모자라, 한 층이 다 내 차지였고, 다들 너무 잘해 주니 회복기 환자라도 된 기분이었다. 마요트가 무슨 병이나 이상한 바이러스라도 되고, 내가 무슨 사고를 당해서 서둘러 떠나온 사람이라도 되는 것 같았다. 외할아버지 외할머니는 그 일에 대해서는 입을 꾹 다물었다. 비난도, 설교도 하지 않았다. 그저 내가 편안히 살도록, '정상적인' 생활 리듬을 되찾도록 신경을 써 줬다. 정상적이라, 과연 누구의 눈에 정상적이라는 거지? 나는 혼란에 빠져, 가끔씩 이런 질문을 스스로에게 던졌다. 더 깊이 생각해 보지는 않았지만.

학교에서는 새 친구를 사귀고 싶은 마음이 안 들었다. 놀랍게도 내 또래 애들이 불편했다. 그렇다고 애들이 나를 밀어내거나 따돌리는 건 아니었다. 게임에 끼지 않기로 한 건 나였다. 그게 다 게임이지 않나? 별것 아닌 일로 오가는 열띤 얘기, 유행하는 말이나 농담, 꼭 읽어 봐야 하는 잡지, 놓치면 안 되는 텔레비전 프로그램…… 모든 게 우스워 보였다. 그러면서도 거기에 낄 수 없어 힘들었다. 보통 청소년으로 돌아갈 수가 없어서, 또래 애들처럼 살 수 없고, 그런 생활로는 만족할 수가 없어서 괴로웠다. 마요트에서 내가 너무 빨리 성숙해진 모양이다. 결국에는 어린애처럼 굴어 버렸지만. 마요트에 살기엔 너무 미숙하고, 베튄에 살기엔 너무 성숙한 걸까? 나는 슬프지도 즐겁지도 않고, 분노하거나 체념하지도 않은 채, 두 세계 사이에 둥둥 떠 있었다. 나 스스로에게서도 다른 사람들에게서도 멀어져 가고 있었던 것이다.

바티스트와 니코를 다시 만났다. 둘은 다른 학교에 다니고 있었다. 나만큼이나 불편했던지, 둘은 내 침묵을 메우려는 듯 아무렇게나 지껄였다. 시시한 사건을 부풀리고, 여자애들 얘기도 늘어났다. 제법 꾼이라도 되는 것처럼 굴었지만, 그래 봤자 키스도 한번 못해 봤을 게 뻔했다. 선생님들이나 부모님 얘기를 할 때는 반항아 시늉도 했다. 우리 엄마 아빠만큼 헌신적인 부모님인데 말이다. 지난 몇 달 동안 하루에도 몇 번이나 사랑을 나눠 봤고, 세상 반대편에 사는 어떤 여자애 배 속에 내 아기가 들어 있다는 얘기를 할까 말까 망설였다. 하지만 어차피 안 믿겠지. 정말로 얘기하고 싶은 것도 아니었다. 본토 생활에 자이나바를 끌어들이고 싶지 않았다. 당황스럽게도, 본토 생활은 내 눈에도 가식적으로 보였다.

나는 상태가 안 좋았다. 마요트에 살 때는 특혜 받은 백인이라는 위치가 불편했는데, 베튄에 와서 얻은, 말없는 왕따 청소년이라는 위치도 썩 마음에 들진 않았다.

프랑스와즈 선생님하고는 계속 이메일을 주고받았다. 속마음을 털어놓을 사람은 선생님밖에 없었다. 말로 하는 것보다 글로 쓰는 게 편했다. 엄마 아빠랑 통화할 때는 한결같이 잘 지낸다고 말했지만, 고민거리나 세상을 보는 달라진 눈, 후회, 수치심, 앞날에 대한 두려움은 옛날 사서 선생님에게 쏟아 놓았다. 선생님은 빼놓지 않고 답장을 보내 줬다. 나한테는 선생님의 한 마디 한 마디가 중요했다. 선생님은 내가 긍정적으로 변했다고 생각했다. 정작 나는 힘들었지만. 어느 날, 선생님이 보낸 답장에서 이런 구절을 본 뒤로, 종종 그 구절을 다시 읽어 본다.

위고, 사는 데는 두 가지 길이 있단다. 의문도 없이 시간이 흐르는 대로 따라가거나, 내가 누구인지, 어디로 가는지 알려고 애쓰거나. 두 번째 길은 분명 편한 길은 아니야. 하지만 길게 보면 훨씬 재미있지. 나한테는 그것만이 가치 있는 길이야.

한번은 바티스트와 니코랑 더 이상 얘기가 안 통하고, 베튄에는 이제 친구가 하나도 없다고 써 보냈다. 그랬더니 이런 답장이 왔다.

통찰력은 하늘이 내리는 재능이란다. 멋진 선물이지만 저주이기도 하지. 어쨌든 너한텐 이제 선택의 여지가 없어. 그렇게 사는 수밖에.

그다음에는 기대하지 않았던 이메일이 왔다. 내가 써 보낸 편지에 대한 답장은 아니었다.

위고, 너한테 이 편지를 보낼까 말까 굉장히 망설였다. 하지만 최근 몇 주간 너랑 편지를 주고받으면서 네가 얼마나 변했는지, 성숙했는지 알게 됐어. 네가 이 내용을 받아들일 수 있다고 믿는다. 네가 이 편지를 읽어야 할 것 같아.

뒤에 이어진 몇 줄은 줄줄 읊을 수도 있을 것 같다.

안녕 위고

나야. 뭐라고 해야 할지 잘 모르겠어. 하지만 나 너 자주 생가캐. 가끄믄 슬프고 어쩔 땐 우리가 가치 있던 때 생각에 웃기도 해. 널 못 잊게써. 니가 떠나고 나니까 사는 게 예전 같지 않아. 아기도 떠났어. 너 달믄 아들이어쓸 텐데.

가르생 선생님이 도와주셔서 나 학교 게속 다녀.

제발 나 이저버리지 마.

자이나바가.

편지를 읽고 나서 많이 울었다. 무기력함, 실망, 공허함에 부끄러웠고, 마음이 아팠고, 자이나바를 품에 안고 달래 주고 싶었다. 아니, 그보다 그 애 품에 안겨 울고 싶었다.

오랫동안 망설였다. 하지만 답장은 하지 않았다. 무슨 할 말이 있을까? 영원히 잊지 않을 거라고? 분명 사실이지만, 그 애가 사랑 고백으로 받아들일 가능성도 있지 않을까? 후회한다고, 보고 싶다고? 이제 와서 무슨 소용이 있을까? 이제 서로 수천 킬로미터나 떨어져 있고, 지구 반대편에 살고 있는데? 프랑스와즈 선생님에게 이메일을 보내서 어떻게 하면 좋을지 물어 보았다. 선생님은 그 질문에 답할 수 있는 건 나뿐이라고 했다.

가끔씩 '떠나 버린' 아기가 생각난다. 태어났더라면 프랑스와즈 선생님 딸 뤼시처럼 카페오레 색깔 피부를 가졌겠지.

자주 자이나바의 모습을 그려 본다. 학교에서 돌아와 동생들을 돌보고, 식구들 저녁을 준비하고, 숙제를 하는 모습을. 그 섬에 있는 내 모습, 열정적인 음중구의 모습을 다시 그려 본다. 그다음에는 자이나바의 눈으로 베뛴에서의 생활을 바라본다. 그러자 하얀 피부나 검은 피부는 그저 색깔일 뿐이고, 여태까지 본토에서 살아온 방식도 자이나바가 사는 방식보다 나을 게 없다는 걸 깨달았다.

부인할 수 없는 증거가 몇 주 뒤에 내 앞에 펼쳐졌다. 학년이 끝났지만 낙제를 해서 3학년을 다시 다닐 판이었다. 7월이 오자, 외할머니가 내게 말했다.

"위고, 내일 네가 좀 같이 가 줘야겠다. 세일 시작이잖니. 릴에 갈 거니까 일곱 시 기상이다!"

다음 날 아침 8시 30분, 우리는 9시 30분이나 되어야 문을 여는 옷 가게 앞에 있었다. 우리는 일찍 온 편도 아니었다. 여자 여덟에 남자 둘, 이렇게 열 사람이 외할머니만큼이나 들떠서 벌써 줄을 서 있었다. 외할머니는 아침을 먹을 때부터 어느 가게에 꼭 들러야 하는지, 어떤 순서로 가야 하는지 설명해 주었다. 작전이 따로 없었다.

차에 타자 외할머니는 말했다.

"위고, 세일 첫날은 신성한 날이야! 할미는 벌써 지난주에 사전 준비를 완료했지. 모델, 상표, 색깔까지 다 봐 뒀어. 이런 날 탈의실에서 일일이 입어 보다 보면 좋은 물건은 다 빠져 버린단다. 할미 옆에 딱 붙어 있으면 하나씩 집어 주마. 원래는 할아버지가 와서 도와주셨는데, 사실 별로 안 좋아하셔. 마침 네가 있어 다행이다!"

9시 15분이 되자, 가게 앞에는 서른 명쯤이 진을 치고 있었다. 점원이 유리문 뒤에 나타나자 흥분한 사람들 사이로 긴장이 느껴졌다. 하지만 점원은 문을 여는 대신, 유리문에다가 광고지 한 장을 붙였다. 거기에는 빨간색과 주황색의 굵은 글씨로 이렇게 쓰여 있었다. '재고가 다 없어질 때까지'.

9시 30분 정각, 돌격 개시. 질서고 뭐고 없었다. 외할머니는 원정대에서 최고령자였는데도, 누구보다 전의에 불타올랐다. 팔꿈치 공격도 서슴지 않고, 진열대 사이로 거침없이 끼어들면서, 누기 끼이들기라도 하면 화를 냈다. 외할머니 뒤를 따라다니다 보니 내 품에는 옷이 쌓여 갔다. 바지, 셔츠, 카디건, 스카프, 트렌치코트……. 점원들은 신중하게도 미리 진열대를 버리고, 계산대 쪽으로 후퇴해 있었다. 계산대에서는 신용카드를 긁는 소리가 부드럽게 이어졌다 끊어졌다 했다.

외할머니를 보자니 기가 막혔다. 한 번도 안 입은 옷이 꽉 차 있는 외할머니의 옷장이 절로 떠올랐다. 외할머니는 만날 똑같은 옷만 입는데, 구두는 적어도 스무 켤레, 코트는 여섯 벌이나 일곱 벌, 스웨터는 선반마다 한가득, 속옷은 서랍마다 그득그득했다. 그런데도 외할머니는 지금 실크 슬립을 놓고 사십대 아줌마랑 말싸움 중이다. 서로 슬립을 먼저 봤다고 우기면서. 나는 진짜로 몸싸움이 나는 줄 알았다. 그때 갑자기 외할머니가 한 손을 가슴에 갖다 대더니 당장 쓰러질 것처럼 가쁜 숨을 몰아쉬었다. 상대방은 곧바로 항복했다. 아마 무더위가 시작되기도 전에 노인을 무덤 속에 밀어 넣었다는 비난을 받을까 겁이 났나 보다. 외할머니는 내 가슴에 슬립을 얹으면서 윙크를 했다.

"나이 든 거 됐다 뭐 하겠니! 뭐, 이 모델은 생각보단 별로지만, 네 엄마한테는 아주 잘 어울리겠어……. 상탈 토마스 건데 그냥 놓칠 순 없지!"

우리는 천 유로쯤 더 쓴 다음, 옆 가게로 뛰어갔다. 나는 양손 가득 쇼핑백을 들고 있었다. 이번에는 신발을 공략했다. 그다음에는 가방 가게에 들렀다가, 마지막으로 남성복 가게에서 외할아버지 넥타이를 하나 샀다.

오후 한 시가 넘어서야 녹초가 돼서 집에 돌아왔다. 나는 외할머니보다 더 피곤했다. 외할머니는 팔팔했고, 무엇보다 마음이 놓인 것 같았다. 누그러지고, 뿌듯하고, 흡족해 보였다. 하지만 끝이 아니었다.

"너만 괜찮으면 내일은 가전제품 좀 보러 가자. 전기주전자가 낡았어. 연수기도 하나 봤으면 좋겠구나."

난 아무 말 없이 고개만 끄덕였다. 아침 내내 날뛴 것만도 지긋지긋했다. 나도 모르게 마요트 생각이 났다. 프랑스 저 끝, 자이나바와 식구들이 수돗물도 없이 살고 있는 곳이 떠올랐다. 마무주도 생각났다. 그 동네에는 양철 지붕 흙집들 사이로 본토 기업 간판이 그득하고, 애들은 여기 우리 학교 애들이랑 똑같이 중국산 티셔츠를 입고 다닌다.

8

뉴스에서는 매일 나라 안 곳곳의 세일 소식이 나왔다. 사람들이 소리를 질러 대며 대형 할인매장 진열대 사이로 냅다 뛰어가서 세탁기 위에 앉아 있는 모습이 보였다. 다른 사람한테 안 뺏기려는 거였다. 제일 먼저 가게에 도착하려고 새벽 네 시에 일어났다는 사람들도 있었다. 내 또래 여자애들이 유명 상표 티셔츠를 샀다고 좋아서 키득거리는 인터뷰도 봤다. 상표 이름은 '삐' 소리로 처리돼서 안 들렸지만. 다른 인터뷰에선 우리 외할머니 연배의 할머니가 엄청 진지하게, 겨울 세일보다는 여름 세일이 더 좋긴 하지만, 뭐 어쨌든 둘 다 놓치지는 않는다고 설명했다. 무슨 큰일이라도 난 것 같았다. 무슨 영문인지, 난 이 모든 걸 그냥 무시하고 넘길 수가 없었다. 세일을 두고 야단법석을 떠는 게 무지하게 거슬렸다. 이 나라 사람들은 다, 아니, 아무튼 최소한 이렇게 몸 바쳐 세일에 달려드는 사람들만 따지자면, 벌써 필요한 것 이상으로 많은 걸 집에 갖추고 있으니 말이다.

프랑스와즈 선생님한테 이메일로 이 얘기를 할까 조금 망설였다. 아무것도 모르는 바보로 보일까 봐 신경이 쓰였다. 하지만 답장을 받으니 안심이 됐고, 내 분노가 틀리지 않았다는 확신을 갖게 됐다.

적어도 넌 마요트에서 헛된 시간을 보내진 않았구나! 나도 식구들을 보러 본토에 갈 때마다 너랑 같은 생각을 해. 너처럼 화가 나. 하지만 난 마요트 사람이 다 됐고, 여기 생활에 익숙해졌어. 그래서 더 이상 본토 사람들의 눈으로 마요트를 볼 수가 없단다! 여긴 너무 빨리 변하고 있어. 내가 처음 여기 왔을 때는 어땠는지, 넌 상상도 못 하겠지! 여기도 곧 레위니옹처럼 변할 거야. 그게 기쁘지만은 않단다. 상황이 참 애매하거든. 흥청망청하는 본토하고 궁핍한 마요트 사이의 간극이 너무 커서 화가 나지만, 그렇다고 해서 마요트가 본토처럼 되는 것도 싫구나. 딱 중간, '정상'이 좋아! 하지만 그냥 희망 사항일 뿐이겠지……. 내가 아주 좋아하는 시가 하나 있어. 이탈리아 현대 작가 에리 데 루기의 시란다. 제목은 '가치'야. 이탈리아어로는 '발로레'라고 하지. 외할머니랑 세일에 다녀온 다음이니까 분명 네 맘에 들 거야.

나는 눈, 딸기, 파리, 모든 생명에 가치를 둔다
나는 동물의 세계와 별의 나라에 가치를 둔다
나는 식사 중 마시는 포도주, 무심결에 지은 미소, 수고하는 자

들의 피로, 서로 사랑하는 노부부에 가치를 둔다

나는 내일이면 아무 가치도 없어질 것, 오늘은 더욱 가치가 없는 것에 가치를 둔다

나는 모든 상처에 가치를 둔다

나는 물을 아끼고, 신발 한 켤레를 수선하고, 제때 입을 다물고, 도움을 청하면 달려오고, 자리에 앉기 전에 양해를 구하고, 이유 없이 감사하는 일에 가치를 둔다

나는 방 안에서 북쪽을 가늠할 줄 알고, 빨래를 말려 주는 바람의 이름을 아는 일에 가치를 둔다

나는 '사랑하다' 동사의 용법과, 조물주가 존재한다는 가정에 가치를 둔다

하지만 대부분은 내가 경험하지 못한 가치들이다

엄마 아빠가 며칠 뒤에 돌아왔다. 이번에는 아주 돌아온 거였다.

식구들이 탄 비행기는 초만원이었다. 레위니옹 사람들, 마요트 사람들, 관광객들, 프랑스로 돌아오는 본토 사람들로 가득했던 것이다. 아빠, 엄마, 리디는 한 시간도 넘게 기다려서 짐을 찾았다. 사람도 많았지만 여행 가방, 보통 가방, 트렁크도 많았고, 휴대용 장에 든 반려동물도 너무 많았기 때문이다. 유목민의 이동이 따로 없었다.

세 사람은 겨우 몇 달 사이에 달라져 있었다. 내 눈이 달라진 게 아니라면 말이다. 엄마는 초췌하긴 했지만 열대지방에서 해방된 기쁨에 취해 있는 것 같았다. 엄마는 눈물을 글썽거리는 외할머니 품에 와락 안겼다.

"겨우 며칠 차이로 세일을 놓쳤구나, 얘야."

외할머니가 분위기를 누그러뜨리려고 말했다.

"괜찮아요. 앞으로 평생 갈 텐데, 뭐."

엄마가 대답했다.

아빠는 외할아버지와 악수를 했다. 세월이 그렇게 지났는데도 두 사람은 서로 어색해했다. 그리고 나서 아빠는 나를 껴안았다.

"잘 지냈냐, 아들?"

아빠는 나를 다시 봐서 감격스러운 것 같았지만, 난 그냥 그랬다. 나는 이상스럽게도, 현실에서 멀리 떨어진 기분이었다. 뭔가 신경이 쓰이는데 무슨 일 때문인지는 모르는 상태라고나 할까. 난 이 모든 일에 나서지 않고, 곁에서 그냥 보고만 있었다.

리디는 딴사람이 돼 버렸다. 엄청난 변화였다. 키도 많이 자랐지만, 얼굴이나 눈빛이 예전 같지 않았다. 갑자기 아이에서 아가씨가 된 것 같았다. 특히 이제 엄마하고 판박이가 되어 있었다. 뺨에 입을 맞추는 인사를 하는데, 우리 둘 다 어색했다. 생전 처음 있는 일이었다. 이런 애정 표현을 할 나이는 이미 끝난 것 같았다.

다시 외갓집 3층 방을 둘이 같이 쓰게 됐다. 잠깐 동안이어서 다행이었다. 여태껏 늘 방을 함께 썼는데도, 새삼스레 한방을 쓰려니 영 불편했다. 우리 둘의 존재가 한방에 들어차니 옹색했던 데다가, 딴사람이 된 리디한테는 내 신경을 긁는 재주까지 생겼다. 나도 마찬가지였을 테지만.

리디는 단 며칠 만에 어마어마한 인맥을 다시 만들었다. 옛날 같은 반 친구들, 전에 살던 아파트 이웃들, 친구들의 친구들……. 그러더니 한 주일이 지나자 엄마 아빠를 설득해 휴대폰을 샀다. 전화는 쉴 새 없이 울려 댔고, 문자 메시지, 멀티 메일 도착을 알리는 소리도 끊이지 않았다. 그것도 매일 다른 벨소리로. 리디는 만족을 몰랐다. 친구, 수다, 온갖 신제품, 소녀 잡지, 액세서리에 목말라 있었다. 리디, 엄마, 외할머니는 여름 내내 가게들을 휩쓸고 다녔다. 마요트의 기억을 씻어 버리는 진정한 치료법이었던 셈이다.

그 여름은 끔찍하게 더웠다. 열대지방에서 4년을 보내고 돌아온 참인 우리도 견디기 힘들 정도여서, 나는 거의 방 밖으로 나가지 않았다. 엄마 아빠가 봉뒤에다 사 둔 집 공사를 감독해야 해서 휴가도 떠나지 않았다.

9월 개학 때까지, 프랑스와즈 선생님이 알려 준 책들을 빌리느라 간 시립 도서관 사서 말고는 사람 구경도 거의 못했다. 선생님이 추천한 책 대부분은 소설이었다. 내 머릿속에서 점점 자라나고 있었지만 뚜렷하게 잡히지 않는 문제, 그러니까 바로 내가 살아가야 하는 세상에 대한 걱정, 이 나라 사람들에 대한 새로운 시선, 세상의 다른 지역과 본토의 생활방식을 비교해 보는 등의 문제를 다룬 책들이었다. 간단히 말해, 여태까지 내가 살아온 방식을 직관적으로 재검토해 볼 작정이었다. 잘 이해가 안 되면서도 강하게 다가오는 문제였으니까. 내가 감당하기에는 너무 거창하고 원대한 계획이었는지도 모르겠다.

난 선생님이 추천해 준 소설들을 통해 세상을 알아 갔다. 불의, 빈곤, 투쟁, 또 낭비, 오만, 부패를 배웠다. 세상을 알아 가는 동시에, 한 페이지 한 페이지 넘길 때마다 사회의식과 정치의식이 생겨났다.

외할머니는 걱정이 이만저만이 아니었다. 내가 슬프고 우울해 보인다면서, 나가서 놀라고 등을 떠밀었다. 하지만 난 덧창을 닫아 놓고 선선한 방에 앉아서, 책을 통해 뜨거운 인류애에 눈을 떴다.

나한테는 너무 어려운 책도 있었지만, 끝까지 다 읽었다. 내 마음을 사로잡고, 빛을 비춰 주고, 생각에 잠기게 해 준 책도 있었다. 아직까지도 제대로 파악하지 못한 여러 가지 문제와 생각으로 머리가 복잡했다.

나는 겉으로 보기에는 무심하고 매사에 시큰둥하게 굴었지만, 속으로는 남몰래 열병을 앓고 있었다.

여러 책 중에서도 세 권이 그 여름 내내 내게 깊이 영향을 미쳤다. 한 권은 르네 바르자벨의 『대재난』이다. 2052년, '현대' 서구 세계는 전기가 사라지면서 무너져 내린다. 인류는 전기 없이 살아가는 법을 배워야 한다. 같은 아이디어를 다루지만 호화 고층 아파트에서 일어나는 얘기를 그린 『고층건물』도 있다. 이 책에서 제임스 그레이엄 발라드는 소수 특권층 사회가 원초적인 야만성과 카오스에 빠져 가는 모습을 그린다. 하지만 가장 강한 인상을 남긴 책은 알베르 코세리의 『거지들과 오만한 자들』이다. 제목에 모든 게 담겨 있다. 이 소설을 읽으면서 빈곤과 부, 물질, 소유, 돈, 궁핍 같은 문제들에 새로이 눈을 떴다. 책을 다시 읽으며 몇몇 구절을 공책에 옮겨 적었다.

고하르는 최소한의 물질만으로 엄격히 생활했다. 가장 기본적인 안락이라는 개념조차 버린 지 오래였다. 그는 물건에 둘러싸이는 것을 혐오했다. (……) 고하르에게는 아무 장식도 없는 방은 곧 절대적인 아름다움을 의미했고, 그는 그 방에서 낙천주의와 자유의 공기를 들이마셨다. (……) 아무것도 없는 곳에는 제아무리 폭풍우가 휘몰아쳐도 끄떡없다. 고하르의 초연함은 이렇듯 완벽한 무소유에 연유한다. 빼앗길 여지가 아예 없었던 것이다.

고하르는 무엇보다 자기 삶의 진정한 가치에 스스로 탄복했다. 바로 체면을 버린 삶이었다. 살아 있는 것만으로 그는 행복했다.

리디는 대개 휴대폰 화면이나 잡지, 혹은 자기가 섹시한지, 천생연분은 어떤 타입인지, 스타가 될 가능성이 있는지 따위를 알아보는 테스트에 고개를 박고 있었다. 어쩌다 고개를 들면 내가 무슨 외계인이라도 되는 것처럼 쳐다봤다. 리디만 그런 게 아니었다. 나도 슬슬 내 변화가 걱정스러웠다. 난 이제 열다섯 살이고, 릴로 전학 가면 3학년을 다시 다닐 판이고, 새집으로 이사할 예정이고, 엄마는 하루에도 세 번씩 내 방을 무슨 색으로 칠하면 좋겠냐고 물었다. 이 모든 게 내 관심 밖의 일이었다. 아니, 나의 '고고한 관심사', 나의 '우월한 걱정거리' 때문에 일상적인 일에는 관심이 아예 없어졌다고 하는 편이 맞겠다.

8월 말쯤, 리디가 한마디로 깔끔하게 상황을 정리했다.

"오빠 완전 밥맛이야!"

9

9월이 되자, 나는 릴에 있는 새 학교에 다니게 됐다. '우리'의 새 학교라고 해야겠지. 동생도 새로 입학했고, 엄마 아빠도 같은 학교에서 근무하게 됐다.

봉뒤의 새집으로는 10월 중에야 들어가게 되어 있어서, 우리는 계속 외갓집에 살았다. 식구들 전부, 시간표에 상관없이 아침저녁마다 한차로 학교에 오갔다.

리디는 꽤나 들떠 있었지만, 난 3학년을 다시 다니게 된 데다 고등학교에 못 올라가서, 또 식구들과 같은 학교에 다니게 돼서 풀이 죽어 있었다.

우리 반 스물여덟 명 중에서 흑인은 한 명뿐이었다. 그 애한테 자꾸 눈이 갔다. 흑인들 사이에서 백인으로 지낸 나날을 떠올리며, 다른 애들이 그 애를 피부색 때문에 따돌리기라도 하면 내가 '거둘' 생각이었다(사실 그러고 싶어 죽을 지경이었다)! 하지만 그 애는 벌써 애들이랑 친했다. 남자애들하고는 서로 손바닥을 맞대고, 제일 예쁜 여자애들하고는 뺨에 입을 맞추며 인사하는 사이였다. 구석에 웅크리고 있는 건 나밖에 없었다. 내 짝은 입술을 까맣게 칠하고, 코에는 은으로 된 링 피어싱을 하고, 까마귀처럼 까만 폭탄머리를 한 여자애였다. 별수 없이 그 고스족*한테 미소를 지었지만, 그 애는 곧바로 역겹다는 듯이 눈을 돌려 버렸다.

출발이 참 산뜻했다.

우리 반에는 갖가지 스타일이 그룹별로, 패거리별로 다 있었다. 삭발을 하고 라코스테 모자를 쓴 '불량배' 스타일은 서너 명밖에 없었다. 센 척해 봤자 여자애들한테 안 먹힌다는 걸 아직 모르는 애들이었다. 반면에 농구 선수 스타일, 또는 '아메리칸'에서 이름이 붙은 '칸리' 스타일은 꽤 인기가 있었다. 무릎까지 오는 헐렁한 청바지랑 3엑스라지 티셔츠 차림에, 야구 모자를 눌러쓰고 나이키 샤크 운동화를 신는 남자애들 말이다. 스케이트보드복을 입은 애들도 몇 명 있었지만, 대세는 확실히 '최신 유행' 스타일이었다. 꼭 끼는 청바지에 티셔츠, 머리에는 젤이 필수였다. 여자애들로 말하자면, 반에서 유일한 고스족과 사내아이 같은 여자애들의 상징인 민소매 티를 입은 '스케이트보드파' 둘 빼고는 전부 배꼽티에 아래위가 짧은 바지, 요란한 액세서리 차림이었다. 요컨대, 우리 반은 패션쇼 축소판에, 걸어 다니는 공짜 광고판이었다.

나는 어디에 속했냐고?

나는 아무 스타일도 아니었다.

게다가 나는 고스족이랑 옆자리였다. 현실을 인정하고 싶지 않은 미운 오리새끼 둘이 한구석에 격리된 꼴이다.

격리 생활의 동지는 3주가 지나서야 겨우 이름을 가르쳐 주었다.

"카롤린이야. 끔찍하지. 카라라고 불러 줘."

그 뒤로 2주가 더 지난 후에, 나는 카라의 아이팟 이어폰을 뚫고 하루 종일 들려오는 노래를 부른 그룹 이름이 뭐냐고 물어봤다. 그러자 그 애는 개학 이후 처음으로 질문을 던졌다. 내가 어떤 음악을 좋아하냐는 거였다.

대답이 나오지 않았다. 그제야 마요트에서 보낸 4년이 원래 내가 살던 세계에서 나를 얼마나 단절시켜 놓았는지 알 수 있었다. 카라는 눈썹을 치켜세웠다. 그 애도 리디만큼 풍부한 어휘를 동원해서 내가 완전히 짜증 나는 애라고 생각하겠지.

내가 어떤 음악을 좋아했지? 옷은? 영화는? 아무것도 기억나지 않았다. 정말로 아무것도. 내 또래들이 하는 일에는 마음이 내키지 않았다. 내가 할 법한 일에도 관심이 안 생겼다.

어느 날 저녁을 먹고 있는데 엄마가 나더러 잘 지내냐고 물었다. 내가 우울해 보인다는 거였다.

"우울? 죽도록 밥맛이라는 소리겠지!"

리디가 외쳤다.

"리디! 오빠한테 그렇게 말하는 거 아냐!"

엄마가 화를 냈다.

"유급 때문이지. 중학교 재미없지?"

아빠가 끼어들었다.

"응."

내가 대답했다.

사실이긴 했지만, 식구들이 우울이라고 부르는 상태를 다 설명해 주는 대답은 아니었다.

"우리 위고는 항상 얌전한 애였지. 어렸을 때도 걱정 근심이 많고, 생각이 많은 애였잖니……."

외할머니는 이렇게 말하더니 나한테 당부했다.

"재미있게 살아야지, 위고. 젊음은 영원하지 않단다!"

살아오면서 실제보다 더 나이 먹은 기분이 들었던 건 사실이다. 늘 기다리는 기분이기도 했다. 무엇을 기다렸냐고? 자이나바의 품에 있을 때는 답을 찾은 것 같았지만, 이젠 모르겠다. 그러고 보니 자이나바와 있었던 일도 내가 우울한 이유 가운데 하나였다. 어떻게 하면 보통 청소년으로 되돌아갈 수 있을까? 어떻게 하면 다시 부모님과 학교가 시키는 대로 고분고분 정해진 시간표를 따라 할 일을 하고, 용돈을 받고 사는 보통 아이가 될 수 있을까? 나는 벌써 진짜 남자가 됐다는 달콤한 환상의 맛을 알아 버렸는데.

새집으로 들어가고 얼마 안 됐을 때, 외할아버지 할머니가 집을 구경하러 와서, 방방마다 감탄을 늘어놓았다.

리디와 나는 각자 방을 갖게 됐는데, 방에는 깜짝 선물이 우리를 기다리고 있었다. 각자 인터넷이 연결된 컴퓨터를 갖게 된 것이다. 내 방은 결국 오렌지색으로 칠해져 있었다. 내가 보기에는 끔찍했지만, 보수 공사에 별 관심을 보이지 않았기 때문에 그냥 말을 아꼈다. 리디는 소녀 취향 옷장과 짝을 맞춰 분홍색을 골랐다.

이사를 하면서부터, 엄마 아빠는 실내장식 용품 가게들을 분주히 돌아다니기 시작했다. 엄마는 거의 하루 종일 인테리어 잡지에 코를 박고 있었고, 나머지 시간에는 잡지에 나온 기사들을 따라 했다. 그다음에는 집들이 행렬이 이어졌다. 토요일 저녁마다 친구 부부, 동료 부부, 대학 동창 부부가 초대되었다. 일정으로는 집 구경부터 시작해서 엄마 아빠의 고상한 취향에 대한 친구들의 감탄(이쪽은 베이지색, 저쪽은 회갈색, 방에 있는 그림에서부터 스펀지까지, 다 '엘르 데코레이션' 추천 상품들이었다)이 이어지고, 괜찮은 장식품, 초, 디자이너 꽃병 가게 주소를 교환했다……. 식탁에 앉고 나서는 크레타식 요리를 먹으며 다시 저온 압착 올리브유, 향신료, 친환경 유채기름 가게 주소를 교환했다. 특히 마요트에서 보낸 4년에 대한 이야기는 빼놓지 않고 등장했다. 모든 얘기가 다 나왔다. 빈곤, 풍부한 자연, 장마, 낮은 학력 수준, 교통체증, 스쿠버다이빙, 일부다처제……

나는 빠지지 않고 식탁에 오르는 토마토 모짜렐라 샐러드까지만 버틴 다음, 어떡하든 방으로 달아났다. 그러고는 프랑스와즈 선생님에게 이메일을 쓰면서 울분을 터뜨렸다. 어른들과 우리 반 애들 때문에 얼마나 화가 나는지 선생님한테 털어놓았다.

엄마 아빤 형편없는 속물들이에요! 다른 사람들한테 우리가 얼마나 잘 사는지 보여 줄 궁리만 한다니까요! 외적인 부의 상징을 자랑하는 대회라도 하는 것 같아요! 이 소파는 뭐시기 제품, 저기 램프는 장샤를르 아무개 제품, 계단에는 골풀을 짜서 깔았네, 이건 최신식 유무선 융합 단말기, 이 휴대폰은 최신형 모토로 어쩌구…… 누구 거시기가 제일 큰지 경쟁하는 초등학생들이랑 뭐가 달라요!

다음 날 아침에 답장이 왔다.

네 이메일 덕에 한참 웃었다, 위고. 하지만 통찰력을 훌륭한 무기로 만들려면 조금쯤은 너그러워져야 한다는 사실을 절대 잊지 마라.

너그러움이라, 나한테는 어려운 일이었다. 릴의 헌책방에서 제

113

목에 끌려 『다 지긋지긋해』라는 책을 사 둔 적이 있다. 읽어 본 적은 없었지만, 서점에서 그 책을 보는 순간, 나를 위해 쓰인 책이라는 생각이 들었다.

열여섯 번째 생일을 얼마 앞두고, 엄마 아빠가 어떤 선물이 좋겠냐고 물어 왔다.

"뭐 별로. 벌써 필요한 건 다 있잖아."

내가 대답했다.

"말도 안 되는 소리 하지 말고! 생일이니까 좋은 선물 해 주고 싶어서 그러잖니."

엄마가 따지고 들었다.

"아! 엄마 아빠 좋자고 하는 일인데 뭐하러 나한테 물어 보고 그래?"

"너 정말 짜증난다, 위고!"

아빠가 소리를 지르더니 나가 버렸다.

리디가 덧붙였다.

"아! 내 말이 그 말이라니까."

생일 선물은 몇 번이고 계속해서 화제에 올랐다. 그때마다 나는 짜증 내지 않으며 내 생각을 설명하려고 노력했지만, 매번 나도 모르게 흥분해서 결국 성질을 부렸다.

"농담이 아니라, 다 있다니까! 많아서 넘쳐날 지경이야! 아빠, 우리 집에 물건, 장식품, 옷, 전자제품, 다 너무 많다는 생각 안 들어? 봐 봐, 한집에 컴퓨터 세 대, 휴대폰 네 대, 방마다 무선전화기 딸린 유선전화기에, 얼음 나오는 냉장고에! ……세계 인구 사분의 삼이 식량이랑 물이 없어서 죽어 가는데!"

"아! 본론이 나오는구먼!"

"그래, 이게 본론이야! 우리 반 애들은 아시아에서 만든 최신 운동화 한 켤레만 가질 수 있다면 엄마 아빠라도 죽일 애들이라구!"

"바로 그 아시아 사람들은 생활이 너무 어려워서, 여기서 유행하는 운동화를 만드는 공장에서 일하는 걸 행복으로 알 거란 생각은 안 드냐?"

내 신경을 건드리게 내버려둘 기분이 아니었고, 어떤 얘기도 듣고 싶지 않았다.

"그 공장 노동자들이 임금을 제대로 못 받는다는 게 문제지! 추가수당도 못 받잖이! 역겨워!"

"사는 건 그렇게 단순하지가 않아, 위고. 세상은 흑도 백도 아니야. 회색에 가깝지."

"'우리'가 사는 세상, 역겨워!"

"네 생일 잔치를 망치면 세상이 좋아질 것 같아?"

"젠장, 사람들이 전부 사는 방식을 바꾸면, 어쩌면 상황이 달라질지도 모르지! 아빠는 아프리카 애들은 아무것도 못 먹는데, 여기 애들은 비만이 된다는 게 화도 안 나? 역겹다고, 젠장!"

아빠는 내 얘기에 대답하지 않았다. 그냥 말조심하라고만 했다. 나는 방에 올라가서 문을 쾅 닫아 버렸다. 아빠한테 화가 났다기보다, 생각을 차분히 설명하지 못한 나한테 화가 났다.

4주 후에 결국 내 생일이 왔다. 나는 아빠한테 제대로 한 방 먹었다. 내 접시 위에 포장지와 금색 리본을 두른 직사각형 상자가 하나 놓여 있었다. 분명 운동화가 들어 있을 것 같았다. 나는 상자를 열면서, 우리 반을 휩쓸고, 텔레비전 광고를 독점하고, 시내 곳곳에 홍보 문구를 내건 상표의 운동화라면 당장 쓰레기통에 던져 버려야지, 하고 다짐했다.

운동화는 운동화였는데, 처음 보는 거였다.

단순하고, 흑백에, 상표가 아무것도 없었다. 옆면에 커다란 점하나, 앞쪽에 작고 빨간 점 하나만 찍혀 있었다.

"블랙스포트 운동화야. 로고도 없고, 친환경 소재만 썼고, 밑창도 재활용 가능하고, 노동자들의 권리를 존중하는 공장에서 만들었다는 보증서도 있다. 백 퍼센트 공정무역이지."

다음 날, 학교에 가니 바로 반응이 왔다. 첫 수업이 시작되기도 전에 애들이 벌써 내 새 운동화가 어느 브랜드 것이냐고 물어 왔다.

이미 아빠가 주문을 한 인터넷 사이트를 둘러보았기 때문에 대답해 줄 만한 정보는 충분했다.

"브랜드는 아니야. 블랙스포트라는 건데, 세상 반대편에서 애들이나 노동자들이 착취당하면서 만든 신발이나 티셔츠 같은 기존 상표를 거부하는 사람들을 위한 운동화라고 할 수 있지."

애들은 눈을 동그랗게 뜨고 나를 바라보았다. 아빠가 그 자리에 있었더라면, 나한테 영광의 15분을 맛보게 해 줘서 고맙다고 인사를 해서 아빠를 당황시켰을 것 같다. 카라도 나를 경멸이 아니라 호기심이 담긴 눈으로 보기 시작했다. 원래 우리 관계를 생각해 볼 때, 그것만 해도 엄청난 발전이었다.

3주 후, 우리 반 탕기라는 남자애가 블랙스포트 신발을 신고 학교에 왔다. 그다음 주에는 캉탱 차례였다. 그다음에는 마리오였는데, 얘는 한술 더 떠서 부모님한테서 블랙스포트 최신 모델인 V2를 얻어냈다.

망했다. 거대 상표 타도, 유행 타파라는 내 작은 저항이 우리 학교의 최신 유행이 돼 버린 것이다. 다들 첨단 유행을 따르기 위해 블랙스포트 신발을 사고 싶어 했다.

역겨웠고, 화도 났다. 이제 나 혼자만 특별한 운동화를 가진 게 아니어서 그랬는지도 모르겠다. 나는 결국 전에 신던 나이키 운동화를 벽장에서 다시 꺼내 블랙스포트 사이트에서 설명한 대로 유성펜으로 로고를 까맣게 칠했다.

10

어느 일요일 아침, 식구들이 모두 자고 있을 때, 나는 우리 집 우편함에다가 '광고 사절'이라고 써 붙였다. 범죄자나 반항아라도 된 기분이었지만, 다음 날 엄마 아빠는 우편함이 광고지로 넘쳐나지 않게 됐다면서, 오히려 나를 칭찬했다.

"프랑스 우편함마다 일 년에 사십 킬로야! 해마다 종이가 백 톤씩 버려진다니까!"

내가 외쳤다.

하지만 엄마 아빠는 벌써 내 말에는 관심도 없었다. 두 사람은 한창 유행인 커다란 스포츠형 다목적 차량 얘기를 다시 시작했다. 아빠는 점점 더 그런 차를 탐내고 있었다.

"그건 속물들이나 타는 차잖아! 게다가 환경 오염도 엄청 심하고!"

어느 날 아침 식탁에서 내가 말했다.

아빠는 이제 우리가 시골에 살고 있지 않느냐며 변명을 했다.

참나! 우리가 사는 '시골'은 '세련되고 조경이 잘된' 교외로, 사륜
구동차를 살 만한 핑계가 돼 줄 흙길이라고는 눈을 씻고 찾아봐
도 없는 동네였다. 사실 아빠는 처음으로 비싼 차, 그것도 감당하
기 버겁게 비싼 차를 사고 싶어 죽을 지경이었다. 아빠의 컬렉션
을 완성해 줄 차 말이다. 전원주택, 블루투스 무선 이어폰을 연결
할 수 있는 휴대폰, 초고속 인터넷, 평면 텔레비전, 유기농 올리브
유, 유명 브랜드 옷…… 이제 거기다가 새 차까지 생기면, 아빠는
새 휴대폰 벨소리를 고르듯이 대시보드 버튼 하나하나 다 시험해
보면서 반나절이라도 차 안에 들어앉아 있을 사람이다. 본토로 돌
아온 뒤로, 엄마나 리디랑 마찬가지로, 아빠도 어떡하든 돈을 쓰
고, 소비하고 싶은 강박적인 충동을 느끼는 것 같았다. 어떤 물건
을 그 자체나 필요성 때문에 사는 게 아니라, 다른 사람들이 보이
는 반응 때문에 손에 넣고 싶어 하는 거였다.

　물론 이 모든 걸 나 혼자서 이해하게 된 건 아니다. 그냥 이런
태도가 짜증이 났고, 충동적이고 본능적이면서 무분별한 생활방
식에 반감을 갖게 됐다. 인터넷에 많은 시간을 쏟아붓다 보니, '강
박적인', '집단적 메커니즘' 같은 말을 내가 느끼는 거북함에 갖다
붙이게 됐고, 우편함에다가 광고 사절 문구를 써 붙이자는 아이디
어도 떠올리게 됐다.

　시작은 블랙스포트 신발 사이트였는데, 거기 걸려 있던 링크를

타고 다른 사이트로 넘어갔다. 영어로 돼 있어서 다 이해할 수는 없었지만, 문제는 과소비라는 것을 알게 됐다. 세계 인구의 20%가 지구 전체 자원의 86%를 소비한다는 사실, 인간이 광고 때문에 소비자로 전락한다는 사실, 자원이 제한된 지구에서 경제 개발과 성장이 무한히 이뤄져서는 안 된다는 사실, 그리고 시민운동가들이 선두에 나서 이 고삐 풀린 경쟁과 맞서 싸우고 있다는 사실을 알게 된 것이다.

이 사이트에 나온 내용을 해독하다 보니, 심장이 마구 뛰었다. 그 순간 나는 더 이상 혼자가 아니었다. 나는 더 이상 미친 애가 아니었다. 이 세상에는 반항하고, 분노하고, 충격을 받는 사람들이 있었다. 인터넷에서 자기 의견을 표현하고, 본토에 돌아온 뒤로 나를 괴롭히던 생각들을 말로 풀어내는 사람들이 있었다. 나는 그 말들을 프랑스어로 옮기기만 하면 됐다. 나는 구글의 도움을 얻기로 하고 '과소비', '광고 반대 운동가'를 검색창에 쳤다. 그러자 그 주제를 다룬 프랑스 사이트가 여러 개 나왔다. '광고청소부들', '도배꾼들', '광고철거파', '광고 뒤집는 사람들', '광고 반대 여단' 같은 이름이나 '광고의 공격과 싸우는 레지스탕스'라는 이름 아래 모인 사람들의 사이트였다.

몇 시간 동안 이 사이트들을 꼼꼼하게 들여다보면서, 세계화와 반세계화, 자유주의가 무엇인지, 기업이 교육과정을 재정적으로 후원하고 학교에서 간접 광고를 하는 학교 내 마케팅이 무엇인지 알게 됐다. '아무것도 사지 않는 날'이라는 게 있다는 사실에 충격을 받기도 했다. 매해 11월에 일종의 소비자 총파업을 하는 것이다. 운동가들이 우편함에서 수거한 광고전단 뭉치를 거리에 쏟아 놓음으로써 종이 낭비의 심각성을 알리는 날도 있었다. 나는 우리 학교를 뒤덮은 옷들을 생산하는 아시아 노동자들의 근로 조건과 공장들에 대한 기사들을 읽었다. '탈성장'이라는 격월간 잡지, 유명 상표 거부나 안티 로고에 대한 책이 있다는 것도, 6월에 탈성장 행진이 열린다는 것도, 프랑스 포뮬러 원 그랑프리 반대 시위가 있다는 것도 배웠다. 운동가들이 보기에는, 석유 자원이 줄어들고 있는 이때, 포뮬러 원 같은 행사는 소비사회의 자살 행위나 다름없는 낭비라는 것이다. 또 텔레비전 없이 한 주일을 살면서, 각자 지적 능력을 온전히 회복하고, 획일화된 사고와 가정 내 광고 침략에 맞서자는 주장도 있었다.

정보가 쏟아지는데도 나는 계속 정보에 목말랐다. 나는 세상과 세상이 돌아가는 법에 대해 아는 게 너무 없어서, 새로 알게 된 사실들을 다 파악하기는 무리였다. 하지만 많은 사람의 관심이 내가 여태껏 혼란스러워하던 것들에 쏠려 있다는 사실을 알게 되어 기뻤다. 지난 몇 주 동안 학교에서도 집에서도 내 자리를 찾지 못하고 방황했는데, 아직까진 가상의 공동체이긴 해도 이제 공동체를 찾았으니 내가 가치를 두고 있는 것들을 함께 나눌 수 있게 된 것이다. 프랑스와즈 선생님이 보내 준 시에 나오듯이 이탈리아어로는 '발로레'라고 하는 가치 말이다. 문득 그 시가 더 아름답게 느껴졌다.

크리스마스 방학이 시작되고 나서, 나는 더 이상 텔레비전을 보지 않겠다고 엄마 아빠한테 선언했다. 일기예보는 가전제품 유통업체, 저녁 시간대 영화는 커피 회사, 낮 시간대 다이어트 프로그램은 냉동식품 제조회사……언제부터 유명 상표들이 광고주가 됐지? 영화도 광고로 오염되어 있었다. 디브이디를 빌려 왔더니, 영화 속에서도 톰 크루즈가 5분에 한 번씩 카메라 앞에서 모토로라 휴대폰으로 전화를 받는 게 아닌가!

"입 좀 다물어!"

영화가 시작한 뒤 열 번째로 내가 액션 장면 중간중간에 숨겨진 광고를 집어내자 리디가 말했다.

"생각 좀 해 봐! 이건 불법이야! 광고 없이는 영화 한 편 못 본다고! 길거리에서도 그래. 집에서 학교까지 가는 동안에 너도 모르게 광고판 몇 개를 보는지 알아? 세어 봤어? 난 세어 봤어. 쉰여섯 개야. 광고판이 쉰여섯 개라고……. 상표가 쉰여섯 개라는 얘기지. 몇 분 사이에 그러는지 알아? 차 타고 이십 분 정도?"

내가 말했다.

"그냥 영화나 보면 안 돼?"

리디가 한숨을 쉬며 물었다.

"인터넷도 마찬가지야. 마우스 움직일 틈도 없이 팝업창이 막 뜨잖아! 이대로 가만있으면 우리 뇌는 우편함처럼 될 거야. 전단지로 꽉 차서 진짜 우편물은 넣을 수도 없는 우편함 말야! 진짜 메시지는 못 넣는다고!"

"상관없어, 오빠!"

"너 생각해서 말해 주는 거야! 게다가 넌 소비중독 삶으로 가는 지름길이나 다름없는, 웃기지도 않는 잡지나 보잖아. 십이월 특집 기사라고는 '반에서 제일 멋진 남자 꼬시기', '일월 세일 준비하기' 말고 또 뭐가 있어?"

리디가 리모컨을 집더니 디브이디를 중지시켰다.

"젠장, 그만 좀 하지?"

리디는 내 눈을 똑바로 보며 말했다.

"싫어. 난 네가 좀비가 되는 건 싫거든. 네가 이 가게 저 가게 돌아다니거나 텔레비전 앞에 엉덩이 붙이고 앉아서 인생을 낭비하는 꼴은 못 보겠어."

"완전 재수……"

나는 리디 말을 가로막았다.

"테스트 한번 해 보자. 네가 외우고 있는 상표랑, 광고 문구까지 생각 나는 광고 목록을 만들어 봐. 난 벌써 해 봤어. 열 페이지 나 썼는데도 겨우 시작이더라! 자그마치 열 페이지라니까, 리디! ……얼른, 상표 말해 봐."

리디가 눈을 치켜뜨면서 입을 열었다.

"핀더스, 르노, 노키아, 휴렛패커드, 모토로라, 까르푸, 다티, 오샹…… 핌키, 콜게이트, 로레알, 바니아, 캘빈클라인, 컨버스, 퓨마, 나이키, 다논, 비텔, 프레지당, 봉뒤엘, 바두아, 페리에, 마기……"

자동이었다. 처음에는 망설이더니, 일단 시작하자 리디는 생각해 보지 않고서도 상표 이름을 줄줄이 뱉어 내기 시작했다. 연상 작용을 통해 머릿속으로 집안, 부엌, 냉장고와 그 안에 들어 있는 것들, 욕실, 옷장, 학교 가는 길, 릴 시내 단골 가게들을 돌아다니면서. 게다가 처음에 목록을 읊기 시작할 때는 언짢아하며 억지로하는 눈치더니, 얼마 지나지 않아서 이 작은 게임을 재미있어하게 됐다. 광고 문구 및 개를 외웠다가, 텔레비전 광고 후렴구를 신나게 부르기까지 했다.

내 동생의 뇌에서 상표가 차지하는 비중은 얼마나 될까? 리디가 광고에 빼앗긴 뉴런은 미래나 현재의 구매에 어떤 영향을 미칠까? 나중에 리디는 15년 전에 텔레비전에서 하루에도 네댓 번씩들어 본 시엠송이 아직도 뇌 어딘가에서 맴돌고 있다는 이유로 자기도 모르게 자기 애들한테 특정 상표 운동화를 사 줄까?

12월 25일, 2년 전과 마찬가지로 우리는 외갓집에 모였다. 알린 이모는 여덟 살 난 쌍둥이 토마와 기욤만 데리고 왔다. 이혼 소송 중이었기 때문이다. 반면, 친할아버지는 여행하기에는 너무 피곤하다면서 오지 않았다.

천장까지 닿는 크리스마스 트리 밑에는 선물이 산처럼 쌓여 있었다. 난생 처음으로, 크리스마스를 지내러 온 게 싫었다. 늘 좋기만 하던 크리스마스도 그해에는 곱게 보이지가 않았다. 몸까지 이상해서, 구역질이 나올 것 같았다.

내가 선물을 풀어 보지 않겠다고 하자, 엄마 아빠는 슬쩍 다른 사람들한테 아무 말 말라는 신호를 보냈다. 내가 기분이나 자존심을 건드리면 안 되는 환자라도 된 것 같았다.

엄마 아빠는 몇 주 전부터 나를 어떻게 대해야 할지 몰라서 안절부절못했고, 우리는 얘기를 거의 안 하고 지냈다. 엄마 아빠는 나를 이해하지 못했다. 사실 난 나 스스로 왜 이러는지 이해할 수 있도록 도와주기만을 기다렸는데.

나는 입을 열지 않고 말없이 구석에 있기로 결심했다. 하지만 알린 이모가 쌍둥이한테 이모가 어릴 때 보던 텔레비전 시리즈 디브이디 세트를 선물하는 걸 보자, 참지 못하고 이모에게 달려들었다. 그 디브이디는 10월부터 계속 모든 채널에서 선전하던 거였다. 나는 삐딱하고 건방지고 어설프게, 이모는 텔레비전 앞에서 허비하는 시간의 노예라고 몰아붙였다. '광고청소부들' 사이트에서 읽은 문장을 인용해서, 텔레비전이 내일의 소비자들, 즉, 세계화의 꼬마 병정들을 만들어 낸다고 퍼붓고, 쌍둥이가 아침 밥상에서부터 시엠송을 흥얼거리다가는 나중에 '파블로프의 개'처럼 시엠송만 들으면 자기들 애한테도 크리스마스 선물로 어릴 때 보던 광고 모음을 선물할 거라고 쏘아붙였다.

힘든 이혼 과정으로 이미 마음이 약해져 있던 알린 이모는 결국 울음을 터뜨리면서 이렇게 말했다.

"내가 할 수 있는 걸 하는 거야!"

크리스마스를 망쳐 버렸다. 베튄에서 봉뒤로 오는 동안 차 안에서 아무도 입을 열지 않았다.

나는 곧바로 방에 틀어박혀 침대에 누웠다. 내 지식과 능력으로는 내 야심이나 열망을 감당할 수가 없었다. 더 이상 뭐가 뭔지 알 수가 없었다. 단 한 가지 확실한 건, 예전에는 내가 지금보다는 행복했었다는 사실이다.

11

우리 친할아버지는 외르에루아르 도 보스 고원에 까마득히 펼쳐진 들판 한가운데 있는, 작고 외진 마을에 살고 있었다.

엄마 아빠는 나더러 할아버지 집으로 가서 크리스마스 방학이 끝날 때까지 지내라고 했다. 일종의 벌인 모양이다. 게다가 내가 없어지면 식구들이 며칠만이라도 '위기의 사춘기'에 마음 졸이지 않고 지낼 수 있었으니까.

할아버지 집에는 오랫동안 와 보지 않았다. 별로 아름다운 마을은 아니었다. 마을에는 길과 골목이 열 개 남짓 있었고, 그 길들을 따라서 진흙에 짚을 섞어 지은 농가들과 이제는 낡아 버린 '새집'이 들어서 있었다. 작은 규모의 시청, 한 주일에 두 번만 여는 도서관, 마을회관, 그리고 연못도 하나 있었다.

어렸을 때는 이곳에 있는 모든 것에 감탄하고, 비가 오든 바람이 불든 상관없이 매일 할아버지와 함께 늘 같은 길로 산책을 하던 기억이 난다. 정원 안쪽에 나 있는 실개천을 따라 걷다 할아버지는 개천 바닥에 반쯤 파묻힌 말조개를 자랑스럽게 보여 주었다. 오염에 약해서 지금은 프랑스에서 찾아보기 힘든 커다란 민물조개 말이다. 그다음에는 마을 도로 보수 인부의 말이 차지한 풀밭을 지나서, 연못 주변을 한 바퀴 돌아보았다. 빵을 내놓으라고 시끄럽게 굴면서 오리들이 뒤를 따라왔다. 나는 오리들한테 매일 눅눅해진 빵을 가져다주곤 했다. 다음에는 옛날 교회가 있던 자리, 마을의 종탑으로 이어지는 골목길이 있었다. 나는 작은 조약돌을 모은 다음, 종에다 던져서 소리가 나게 하며 놀았다. 그런 뒤에는 들을 가로질러 어느 농가 뒷길을 따라 마을로 돌아왔다. 나는 농가에 사는 양 다섯 마리에게 풀을 주곤 했는데, 양들은 내 발소리만 듣고도 나인 줄 알고 메에메에 울곤 했다.

왜 커 가면서 감탄거리가 줄어들까? 왜 인생이 우리에게 줄 수 있는 게 아닌 다른 것을 기대하기 시작할까? 가장 최근에 할아버지 집에 온 것은 마요트로 떠나기 전, 그러니까 아직 어린애였을 때이다. 이제 내 눈에는 마을도 집도 연못도 시시해 보였다.

변한 것은 거의 없었다. 집 앞 지방도로를 지나는 차들이 늘어난 게 유일한 변화였다. 옆 도시에 산업단지가 들어서는 바람에 할아버지네 마을로도 트럭들이 꼬리를 물고 들어와서, 집들을 시커멓게 물들이고, 잔잔한 마을을 뒤흔들었다. 밤이 되면, 오렌지색 불빛이 지평선에 아른거렸다. 우리 할아버지가 태어난 이 촌구

석이 그렇게까지 외진 곳은 아니라는 표시이자, 머지않아 도시화에 밀려 사라질 거라는 표시이기도 했다. 만날 같은 옷만 입고, 차는 두 번밖에 바꾸지 않았고, 저녁이면 늘 수프를 먹으면서 프랑스 앵테르 라디오를 듣고, 아직도 손으로 태엽을 감아 주는 손목시계를 차는 농부인 우리 할아버지도 그렇게 되겠지만.

"내일은 슈퍼 가서 장보는 날이다."

내가 도착한 다음 날, 할아버지가 말했다.

"도와줄 수 있으면 좀 도와다오. 이제 힘에 부쳐. 쉬페르 위 포인트를 모으고 있는데, 천 점만 더 모으면 디지털 카메라를 준다는구나."

대답은 안 했지만, 마음이 아팠다. 15년 전에 엄마 아빠가 사드린 비디오 조작도 못하는 우리 할아버지가 디지털 카메라를 잘 다룰 수 있을까? 그런데도 매달 쉬페르 위 카탈로그를 받다 보니, 디지털 카메라가 욕심 나는 것이다. 광고 때문에 바람이 들어서, 할아버지는 필요 때문에 물건을 사는 게 아니라 필요 이상으로 소비를 하고 있었다. 아무 쓸데도 없는 선물을 받는 데 필요한 포인트를 모으겠다고 소비를 하는 거였다.

할아버지는 완전히 노인이 되어 있어서, 나는 할아버지와 함께 집에서 슈퍼마켓까지 5킬로미터를 오가는 것도 이번이 마지막이 아닐까 생각했다. 슈퍼마켓에 도착해, 시리얼 상자 수백 개, 겨자

병 수십 개, 요구르트 수천 개, 아이스크림 수천 개, 포장 수프 수십 세제곱미터, 탄산음료 30미터, 셀로판지로 포장된 고기 25미터, 산처럼 쌓인 통조림, 냉동식품 박스들, 반은 쓰레기통에 처박히고 말 생선들이 즐비한 진열대, 식빵, 호두빵, 깨빵, 독일 밀빵, 양귀비씨빵 사이로 할아버지의 걸음에 맞춰 돌아다녔다. 마요트 섬 주민 전체가 먹을 만한 양이었다. 할아버지가 장을 보러 가는 동네에는 고작 5천 명이 사는데, 이런 규모의 슈퍼마켓이 두 개나 있었다.

계산대 열여덟 개 중 하나에 가서 서자, 할아버지는 넋이 나간 것 같았다. 지칠 대로 지쳐서 차까지 가는 것도 버거워했다. 나는 할아버지가 이런 세상에서 어떻게 혼자 살아갈까 생각해 봤다. 빵 하나를 사는 데도 자동차와 신용카드가 필요하니 말이다. 저녁에 엄마 아빠와 통화하면서, 나는 할아버지가 이제 운전을 하면 안 될 것 같다고, 안 그러면 공공의 위험을 초래하게 될 거라고 얘기했다.

엄마가 어떻게 지내냐고 묻기에, 나는 이렇게 대답했다.

"아주 잘 지내지! 아침부터 저녁까지 지루하다니까."

맞는 말이었지만, 이상스럽게도 내가 이 지루함을 즐기고 있다는 얘기는 하지 않았다. 할아버지의 잔잔하고 소박한 생활, 아무렇게나 내버려 둔 정원, 이웃의 노인들이 좋았고, 이 평범한 시골,

저 멀리 개 짓는 소리가 스며드는 습한 공기도 좋았다. 할아버지 집에는 컴퓨터도 인터넷도 없었고, 텔레비전은 있어도 켜지 않았고, 휴대폰도 안 터졌다. 처음 이틀 동안은 휴대폰이 그리웠다. 꼭 벌거벗고, 세상에서 단절된 채 길을 잃은 것 같았다. 아침에 눈을 뜨면 반사적으로 문자 메시지 보관함을 확인하곤 했다. 사실 전화 올 데도 없었다. 엄마 아빠도 할아버지 집 전화로 연락을 했으니까! 하지만 나처럼 친구가 없는 애도 휴대폰에 중독된 걸 보면, 우리 모두 가망이 없는 게 아닌가, 돌이킬 수 없을 정도로 이용당하고 있는 건 아닌가 싶었다. 장사꾼들은 조금씩 조금씩 우리 마음을 움직여서, 생활이 숨가쁘게 돌아가고 우리는 사회적으로 중요한 사람들이니까 24시간 내내 연락이 가능해야 한다고 믿게 만들었다. 인공적으로 필요가 만들어진 것이다. 그 가짜 필요는 우리 안에서 진짜 생리적 중독으로 변했다. 이제 그 누구라도 휴대폰 없이는 살 수 없고, 부모는 아이의 안전을 위해서라고 믿으면서 (실은 다른 데서 주입된 생각인데도) 초등학교에 다니는 아이한테도 휴대폰을 사준다. 며칠 전에 리디가 같은 반 친구한테 프레임을 바꿀 수 있는 새 모델로 휴대폰을 바꾸고 싶다고 말하는 걸 들었다! 그 나이에 벌써! 휴대폰 산 지 여섯 달밖에 안 됐는데!

매일 혼자서 어렸을 때처럼 산책을 하다 보니, 내 안에서 조금씩 내 생활과 욕구의 리듬이 느려지는 게 느껴졌다. 나는 부츠가 땅에 닿는 소리에 귀를 기울이고, 시골 풍경을 무심히 바라보면서 천천히 걸었다. 이곳의 매력은 바로 매력이 없다는 점이었다. 모든 것에 대해 많은 생각을 했다. 마요트, 자이나바, 외할머니와 보낸 세일, 망쳐 버린 크리스마스를 떠올리고, 할아버지가 이 마을에서 어떤 어린 시절을 보냈을까, 할아버지는 그 시절과는 너무나 달라져 버린 세상을 어떤 눈으로 볼까 생각해 봤다. 생각을 하면서도, 깊이 파고들거나 스스로에게 질문은 던지지 않겠다고 다짐했고, 답을 찾지 않으려 애썼다.

나는 해가 질 무렵이면 거실 벽난로에 불을 지폈다. 할아버지는 거실에 가는 법이 절대 없었는데, 거기에는 할아버지 부인 – 내가 태어나기 4년 전에 돌아가신, 엄청 예쁜 우리 할머니 – 의 커다란 사진, 안락의자 셋, 도자기로 된 커피 세트, 텔레비전, 오래된 전축이 있었고, 하나밖에 없는 선반 위에는 책이 열댓 권 놓여 있었다. 전부 한 작가의 책이었는데, 들어 본 적이 없는 이름이었다. 크리스티앙 보뱅이라는 작가였다.

나는 한 주일 동안 그 책들을 읽었다. 제일 왼쪽에 놓인 것부터 시작해서 제일 오른쪽까지 한 권씩 읽어 나갔다.

그때까지 읽어 보지 못한 종류의 책이었다. 몇 권 빼고는 소설이 아니라 삶과 죽음, 종교, 흘러가는 시간에 대한 성찰을 담은 책들이었다. 복잡한 문단을 읽을 때면 때로 지루하기도 했지만, 어떤 문단에서는 감탄이 절로 나왔다. 몇 주 전부터 나를 괴롭히고, 할아버지 집에서 방학을 보내면서 느끼게 된 문제들을 다루고 있었기 때문이다. 나는, 집에 돌아가서 프랑스와즈 선생님에게 이메일로 써 보내야지, 하고 생각하며 몇몇 구절들을 베끼기 시작했다.

행복해지기를 포기해야만 천국에 들어갈 수 있다.

산다는 게 바로 천국이다.

아름답기 그지없는 많은 것들이 우리가 오는 게 보이지 않아도 초조해하지 않고 우리를 기다려 준다.

빨간색 표지의 책 첫머리에 나온 문장을 읽으니 할아버지와 할아버지의 인생, 그리고 할아버지가 모으는 쉬페르 위 포인트가 떠올랐다.

단순하지만 아름답게 살아가던 중에 화려한 것만을 권하는 세상으로 인해 자신의 삶에 회의를 품게 된 모든 이들을 위해 이 책을 쓴다.

좀더 직접적으로 내 얘기 같은 문장도 있었다.

아이들은 나이 든 은둔자처럼 영원의 비밀을 간직한 채 세상에 태어난다. 조금씩 조금씩, 세상과 유행이라는 거짓된 새로움에 닮아가면서, 끝내 본래 지닌 지식을 다 잃어버리는 것이다······.

저녁 일곱 시가 되면, 나는 상을 차리고 할아버지는 수프를 데웠다. 전에는 채소 수프라면 진저리가 났지만, 이제는 매일 저녁 진심으로 만족스럽게 먹게 됐다. 일종의 치료법 내지 벌인 걸까? 만약 벌이라면, 왜 벌을 받는 걸까? 본토로 돌아온 뒤로 비사교적으로 굴어서? 응석받이로 자라서? 자이나바의 사랑을 버리고 배신해서?

할아버지와 나는 저녁을 먹으며 이야기를 많이 했다. 나는 할아버지에게 내 식으로 마요트 얘기를 들려주고, 본토로 돌아온 뒤의 생활과 세상 흐름에 대한 내 분노에 대해서도 얘기했다.

"마요트에 살고 싶니?"

할아버지가 물었다.

단순하면서도 나를 딜레마에 빠뜨리는 질문이었다. 나는 본토 생활방식을 거부했지만, 그렇다고 해서 마요트의 생활방식이 좋은 것도 아니었으니 말이다. 나는 이렇게 대답했다.

"아니! 거기도 이제 끝났어! 몇 년 안에 거기 사람들도 우리랑 똑같이 살게 될걸!"

진실은 어디에 있을까? 프랑스와즈 선생님이 꿈꾸는 중간은? 내가 볼 때 제대로 된 삶은?

나는 아빠가 예전에 쓰던 방을 썼다. 오래전부터 잘 아는 방이었지만, 마치 처음 보는 방 같았다. 벽에는 아빠가 젊었을 때 붙여둔 포스터가 여러 장 있었다. 주로 내가 모르는 그룹 포스터였지만, 체 게바라의 초상화가 있었고, 피노체트라는 사람을 비웃는 캐리커처화도 있었다. 빛바랜 반핵운동 포스터도 두 장 붙어 있었다. 아빠도 내 나이 때는 나처럼 세상에 분노했다는 생각이 갑자기 떠올랐다. 하지만 그 사실을 깨달은 게 기쁘기보다는 무서웠다. 나도 아빠처럼 분노를 포기하게 되는 걸까? 나도 언젠가는 체념하고 아빠 같은 사람이 되는 걸까? 제도에 순응하는 속물이 되려나?

집으로 돌아오기 이틀 전, 저녁 식탁에서 할아버지의 결혼 얘기를 들었다. 내가 오래전부터 환상을 품어 온 할머니 얘기도 들었다. 나는 할머니를 본 적이 없어서 머릿속으로 상상만 하곤 했다.

"우리가 처음 만났을 때, 할아비는 이미 약혼한 몸이었단다. 마을에 땅을 많이 갖고 있던 이웃 부농의 딸이었지. 내가 결혼을 안 하겠다고 했을 땐 그런 난리가 없었어! 하지만 너희 할머니가 어찌나 눈부셨던지 말이야. 할머니가 나타나기만 하면 모든 게 제자리를 찾는 것 같았어."

"할머니는 몇 살 때……"

"쉰여섯이었다. 암이었지. 할아비는 예순이었고. 할머니는 변한 게 없었어. 육체적으로야 물론 변했지만, 그래도 처음 본 날이랑 똑같이 아름다웠지……. 위고, 할머니가 떠났을 때 할아비도 죽고 싶었단다. 설명하기는 힘들구나. 그런 일은 경험을 해야만 이해할 수 있지. 더 이상 어떤 것도 할머니 없이는 의미가 없었어. 어떤 것도. 아침에 해가 왜 뜨는지도 모르겠더구나! 차라리 죽고 싶었다, 정말로. 할머니를 따라가고 싶었어. 할머니랑 같이 있고 싶었지…… 하지만 너희 부모가 있었지. 네 아빠는 제 엄마를 엄청나게 사랑했고, 그러니 할머니가 죽고 나서 충격이 아주 컸지. 그래서 네 아빠를 위해 버텼다. 너희들을 위해서도 마찬가지야. 내 손주들을 보고 싶어서. 하지만 만일 혼자였다면 머리에 총을 쏴서 죽어 버렸을 거다. 이런 말은 하면 안 되겠지만. 절망했다기보다는 길을 잃은 서 같았어. 이 세상에서의 삶은 할머니가 죽으면서 끝난 거였어. 다음 세상으로 갈 수도 있게 된 거였지……."

할아버지는 말을 너무 많이 해서 숨을 헐떡였다. 우리는 한동안 아무 말 없이 가만히 있었다. 나는 할아버지가 굵은 손가락으로 방수포 식탁보를 톡톡 치는 것을 보면서, 할아버지를 옛날 사람이 아닌, 다른 모습으로 그려 보았다. 사랑에 빠진 열정적인 남자로,

애인으로, 새신랑으로, 젊은 아빠로, 슬픔 때문에 상심한 홀아비로 상상해 보았다. 나나 아빠처럼, 할아버지 역시 한때는 어른들의 세계에서 자기 길과 정체성을 개척하려 애쓰며 삶을 배워 가는 청소년이었다. 언젠가는 나도 할아버지처럼 좋은 시절은 다 지나간 쓸모없는 늙은이가 될 테고, 사람들은 내가 어떤 길을 걸었는지, 어떤 삶을 살았는지는 신경도 안 쓰고, 껍데기만 남은 존재로 보겠지. 나는 나중에 어떤 노인이 될까? 어떤 과거를 갖게 될까? 어떤 수치, 어떤 후회, 어떤 자랑이 남을까?

갑자기 할아버지가 울기 시작했다.

"네 할머니를 본 지 이십 년이 됐다! 너무 길어. 위고, 더는 못 견디겠구나!"

그렇게 오랜 세월이 지났는데도 슬픔이 그대로라니, 어안이 벙벙했다. 할아버지가 우는 모습은 처음이었다. 이상하게도 할아버지의 얼굴이 그때처럼 젊어 보인 적이 없었다. 마치 할아버지가 슬픔으로 빛나는 것 같았다. 너무 진실해서 어린아이처럼 보이는 그 눈물로 말이다. 뭐라 말해야 좋을지, 어떻게 해야 할지 망설이는데, 내 안에서 새로운 감정이 솟아올랐다. 할아버지의 슬픔이 나한테도 고스란히 느껴졌다. 그래서 나는 만나 본 적도 없는 할머니를 위해서 울기 시작했다. 달리 할 수 있는 게 없었고, 그게 내가 할 수 있는 최소한의 일이었으니까.

한참 뒤에 할아버지가 손수건을 꺼내더니 다시 입을 열었다.

"미안하다, 위고. 미안해. 너를 슬프게 하려던 게 아니란다. 할아비는 네가 여기서 일주일을 지내서 기쁘단다. 네 엄마 아빠는 나더러 네가 요즘 좀 이상하다고 했지만, 난 그렇게 생각 안 한다. 안심이 되는구나."

나는 할아버지에게 미소를 지어 보였다. 할아버지의 낙관적인 의견에 완전히 동의하지는 않았지만. 할아버지는 이렇게 덧붙였다.

"손주들도 잘 지내고, 아들도 자리를 잡았지. 이번에는 모든 게 끝난 것 같구나."

나는 할아버지가 이번에는 더 이상 슬픈 기색 없이 말하기에, 이 마지막 말에는 별로 신경을 쓰지 않았다. 다음 날 아침 여덟 시가 됐는데도 할아버지가 아침 식사를 하러 부엌에 안 나타난 걸 보니 그 말이 다시 생각났다. 할아버지는 다섯 시 반에서 여섯 시 사이에 늘 일어나는데 말이다.

나는 열 시가 되어서야 겨우 할아버지 방에 들어가 보았다. 할아버지는 반듯이 누운 채로, 평온한 모습으로 죽어 있었다.

왜 그랬는지 모르겠지만, 나는 오후가 다 지날 무렵까지 기다렸다가 엄마 아빠에게 소식을 알렸다. 그사이에 점심을 먹고, 책을 읽고, 불도 지폈다. 할아버지의 시체가 있는데도 겁나지 않았고, 거슬리지도 않았다. 그냥 자연스러운 순리로 느껴졌다.

나는 한참 동안 할머니의 사진을 들여다보았다. 이미 약혼녀가 있는 남자로 하여금 이성을 잃게 만들고, 죽는 날까지 그 남자와 함께한 이 여인. 엄마 아빠는 나에게 신앙을 가르치지 않았지만, 나는 두 분이 어디선가 이미 다시 만났으면 좋겠다고 생각했다.

마침내, 오후 다섯 시 반이 되자, 나는 아빠 휴대폰 번호를 눌렀다.

"할아버지 돌아가셨어."

몇 초 뒤에 나는 이렇게 말했다.

"깨어나기 싫으셨나 봐."

12

나도 한때 크리스티앙 보뱅 글을 많이 읽었지. 하지만 안 읽은 지 오래 됐어. 네가 말한 빨간 표지 책은 최근에 나온 것 같구나. 내가 모르는 책인 걸 보니까. 네가 보내 준 인용문은 참 아름다웠어. 할아버지까지 돌아가셨으니, 너한테 그 얘기가 얼마나 와닿았는지 알 것 같구나. 널 이해한단다, 위고. 네 얘기에 전적으로 동의해. 하지만 네 질문에 답을 줄 수가 없구나. 어디서 살아야 제대로 균형을 찾을 수 있는지는 나도 몰라. 제대로 된 균형이라는 게 있기는 할까? 각자 만들어 가야 하는 것 아니겠니? 마요트는 네가 살 곳이 아니라고 한 말도 이해해. 나는 여기가 좋아서 있는 거지만. 남편도 있고, 아이들도 여기서 태어났으니 말이야. 마요트는 진짜로 내 인생, 내 집이 됐지. 중요한 건, 네가 경각심을 얻었다는 거야. 하지만 여유를 좀 가지렴, 위고. 너무 서두르지 마. 넌 아직 앞날이 창창해. 하지만 네가 이메일에서 반 친구들이나 여동생을 묘사한 걸 읽으니, 마흔여섯 살이라서 참 다행이다 싶구나. 그리고 청소년이 금융계의 쟁점이나 광고계에서 말하는 '주요

타깃' 이 돼 버린 시절에 태어나지 않아서 다행이라는 생각이 들어.

프랑스와즈 선생님이.

추신: 장례 잘 마치기를.

할아버지네 동네에는 교회가 없어서 장례식은 이웃 마을에서 치러졌다. 장례식에 참석한 사람은 여덟 명밖에 없었다. 그게 할아버지가 돌아가신 것보다 더 슬펐다. 할아버지가 오래전부터 죽고 싶어 했고, 죽을 날을 손꼽아 기다리고 있었고, 기꺼이 죽음을 맞았을 거라는 건 알고 있다. 하지만 한 인생이 마지막 길을 떠나는데, 배웅하는 사람은 고작 여덟 명이라니!

장례식에 오지 못한 노인들은 묘지로 바로 왔다. 일꾼들이 내가 한 번도 보지 못한 우리 할머니의 이름이 새겨진 무덤 속으로 관을 내리기 시작했을 때, 나는 자리에서 빠져 나왔다. 묘지는 바로 마을 출구에 있었는데, 우리의 산책 코스에서 겨우 몇 걸음 떨어진 곳이었다. 나는 할아버지와 함께 걷던 속도에 맞춰 걸었다, 언젠가 다시 이 길을 걸어 볼 날이 올까? 시간도, 내 나이도 벗어난 것 같았다. 아이면서 동시에 청소년, 또 노인이 된 기분이었다. 비행기를 타고 마요트를 떠나온 날처럼, 태어나서 두 번째로, 내 인생의 한 장이 막을 내렸음을 깨달았다. 그 장에 등장하는 장소, 습관, 느낌도 내 존재에서 영영 사라지겠지. 어렴풋한 슬픔이 조금씩 밀려왔고, 삶이란 돌이킬 수 없는 것이라는 깨달음이 슬픔과 함께 날카롭게 다가왔다. 할아버지한테는 이제 모든 게 끝나 버렸다. 할아버지 입에서 나온 말이기도 했지만, 그 말이 너무 정확해서 소름이 돋았다. 할아버지한테는 모든 게 끝났다. 삶이 지나가 버린 것이다. 세상, 다른 사람들, 시간의 흐름도 인식할 수 없고, 고통, 기쁨, 분노, 쾌락을 느낄 수도 없게 됐다. 할아버지가 사랑한 사람을 잃은 아픔까지도, 할아버지라는 인간을 이루고 있던 모든 것까지도 다 사라져 버렸다. 할아버지는 이제 여기 없다. 존재하지 않는다. 초가 꺼져 버렸다. 곧 집이 팔리고, 가구도 다 비워지면 다른 사람들이 들어와서 벽도 새로 칠하고, 자기네 가구를 들이고, 사랑을 하고, 말다툼도 하고, 티비도 보고, 밥도 먹고, 정원도 가꾸고, 여름이면 마당에서 저녁도 먹고, 크리스마스 트리도 꾸미고, 아이들도 기르고, 아프기도 하고, 웃기도 울기도 하고, 늙어 가고, 그러다 자기들 차례가 되면 죽겠지.

나는 목이 멘 채로 마을의 큰 종 근처에 도착했다. 가슴이 터질 것 같았다. 나는 어렸을 때 그랬듯이 조약돌을 모았다. 그리고 결국 눈물을 흘리면서 조약돌을 하나씩 던져, 할아버지를 기리는 종을 울렸다.

이틀 후가 개학이어서, 나는 마치 꼭두각시처럼 학교로 돌아갔다. 시간이 흘러가는 것 말고도 삶에서 뭔가 다른 일이 일어나기는 하는 걸까 싶었다. 이러다 나도 모르는 새 노인이 돼 버린다면, 그때 과거를 되돌아보면서, 나한테는 아무 일도 일어나지 않았다는 사실을 깨닫게 되겠지. 내 꿈도 야망도 잊은 채, 그냥 숨만 쉬고 있었다는 걸 알게 되겠지.

현대사회의 절대적 시간 기준이자 최고로 중요한 시기, 바로 겨울 세일이 시작된 만큼 나는 더욱 우울했다. 이미 지난 7월에 비해서는 충격도 분노도 덜했고, 쉽게 체념해 버렸다. 나는 이미 진 것이었다.

바로 그때 샤를리를 알게 되었다. 진짜 이름은 샤를로트였지만, 다들 그 애를 샤를리라고 불렀다.

처음에는 우연히 보게 된 거였다. 믿기지 않는 행운이었다. 일어날 일은 어떡하든 불가항력적으로 일어나는 것 같다고 해야 할까.

개학을 하면서부터 나는 버스를 타고 학교에 오가기로 결심했다. 더 이상 식구들과 함께 집에서 릴까지 다니고 싶지 않았다. 사실 엄마 아빠와 리디도 나를 불편해했으니, 그 결심에 오히려 안심했을 거라고 생각한다.

어느 목요일 저녁, 수업을 마치고 돌아오는 길이었다. 나는 부옇게 김이 서린 차창에 이마를 기댄 채 버스에 앉아 있었다. 그때, 요구르트를 한 입 먹고 황홀경에 빠져 있는 여자 포스터가 붙어 있는 대형 광고판 위를 기어 올라가는 형체가 얼핏 눈에 들어왔다. 나는 몸을 세우고 곧바로 뒤를 돌아보았다. 버스가 멀어지는 동안, 나는 내가 본 게 틀림없다고 확신하게 됐다.

더 생각해 보지 않고 하차 벨을 누른 후, 다음 정거장에서 내려서 길을 되짚어 갔다. 늦게 도착하지 않으려고 뛰었는데, 차의 흐름과 반대로 가다 보니, 자동차와 트럭 헤드라이트 때문에 눈이 부셨다. 내 발소리는 트럭이 지나가며 내는 소리에 묻혀 버렸다. 광고판이 보이는 지점에 도착한 순간, 쨍그랑 소리가 나더니 "젠장!" 하는 소리가 들렸다.

가까이 가 보니 페인트 스프레이가 배수로까지 굴러가 있었고, 주인은 여전히 땅에서 2미터 정도 떨어진 허공에 매달려 있었다. 버스에서 본 포스터는 벌써 한쪽이 검은 페인트로 덮여 있었다. 요구르트 상표가 부분적으로 지워져 있었고, 광고 문구는 방금 칠한 "광고=정신적 강간"이라는 새 문구로 바뀌어 있었다. 나는 스프레이를 집은 다음, 광고판으로 다가가 팔을 위로 뻗었다. 상대방은 놀랄 정도로 민첩하게 내려오다가 나를 보더니 그대로 굳어 버렸다. 우리는 한동안 서로를 바라보았다. 상대는 내 나이쯤 됐거나 조금 더 먹은 여자애였다. 해가 져서 어두웠지만, 은은한 오렌지색 가로등 빛과 내 등 뒤를 지나는 차에서 나오는 불빛 덕에, 그 애가 운동복 후드를 뒤집어쓰고 있었는데도, 눈은 아주 옅은

색이고, 머리는 금발이라는 걸 알 수 있었다.

그 애는 내가 건넨 페인트 스프레이를 받아들고는 조금 망설이더니 쉽사리 광고판으로 올라갔다. 완전히 곡예사였다. 일단 돌아가더니, 요구르트 상표에 스프레이를 뿌리고는 바로 다시 내려왔다.

내 심장이 사정없이 뛰었다. 우리는 다시 서로를 마주 보게 되었다.

"내 사진이 필요해?"

그 애가 물었다.

그 애가 사라져 버리기 전에 뭔가 할 말을 찾아야 했다.

"도와줄까?"

"뭐?"

"너 도와줘도 되냐고."

"난 아무도 필요 없어."

그 애는 돌아서서 성큼성큼 멀어져 갔다. 뭔지는 모르겠지만 아무튼 뭔가 중요한 일이 나한테, 내 안에서 일어나고 있다는 생각이 들어서, 나는 그 애를 따라갔다.

몇 초 뒤에 그 애가 걸음을 멈추더니 물었다.

"네가 개야? 왜 따라오고 그래?"

숨이 차서 단거리 경주자처럼 맥박이 뛰었고, 손이 살짝 떨렸다.

"너처럼 하고 싶어."

"뭘 한다고?"

"포스터에 낙서하고, 광고를 청소하는 거."

광고를 청소한다는 표현에 누그러졌는지, 그 애가 눈썹을 찌푸리더니 나를 머리끝부터 발끝까지 훑어보았다. 그 애의 옅은 색 눈이 내 운동화에 잠깐 머물렀다. 아침에 로고를 지운 나이키 운동화를 골라 신어서 얼마나 다행인지! 이런 작은 일 하나가 모든 일을 좌우할 수도 있으니 말이다.

그 애는 나를 바라보더니 "오케이" 하고 말하면서 스프레이를 건넸다.

"해 봐!"

나는 몇 초가 지난 다음 겨우 무슨 소리인지를 알아들었다. 완전 바보같이 보였겠지. 정신을 차리고 주위를 둘러보았다. 우리가 있는 곳은 릴 교외, 번화가에서 그리 멀리 떨어지지 않은 곳이었다. 광고판은 여기저기 있었다. 우리 바로 맞은편에도 하나가 있었다. 길 건너편이어서 자동차, 트럭, 버스 행렬을 지나야 했다. 나는 길로 뛰어들었다. 등 뒤로 브레이크와 경적 소리가 들려왔지만, 무사히 광고판 밑에 도착했다. 어떤 가구 체인점의 가격 대비 성능을 자랑하는 광고판이었다.

아직 이름도 모르는 그 여자애처럼 민첩하지는 않았지만, 두툼한 콘크리트 전주에 의지해서 별로 어렵지 않게 체인점 로고 높이까지 올라갈 수 있었다. 허공 위로 매달린 채 오른손으로 전주를 잡고 있어서 왼손을 써야 했다. 스프레이를 들고 겨우 포스터까지 가긴 했지만, 제일 끝에 쓰인 글씨 두 개까지는 닿을 길이 없었다. 발끝을 의지해 전주에서 더 몸을 떼서, 이제 손끝만으로 몸을 지탱하고 있었고, 마지막 글자들까지 겨우 지운 직후에…… 떨어지고 말았다.

소리 지를 틈도 없이 쓰레기 더미 속에서 뒹굴게 되었다. 쓰레기 봉투는 내 몸무게 때문에 찢어져 버렸다. 다친 데는 없었지만, 셔츠가 찢어지고 청바지가 더러워졌다.

아무렇지도 않은 척하면서 일어났지만, 내 옷에서 바나나 껍질, 감귤 씨, 햄에 달려 있던 비계가 떨어져 내렸다. 나는 다시 한번 차의 물결을 거슬러, 간신히 웃음을 참고 있는 여자애 쪽으로 돌아갔다. 그 애가 손을 내밀며 말했다.

"난 샤를리라고 해."

"난 위고야."

또 무슨 말을 해야 할지 알 수가 없었다. 갑자기 그 애를 다시 못 볼까 봐 두려웠다.

"다시 만날 수 있을까? ……내일?"

"내일이라…… 좋아. 같은 시간에 보자. 난 수업이 다섯 시에 끝나."

"어디서?"

그 애는 내가 타는 버스 노선의 어느 정류장 이름을 말하더니 '안녕'이라고 하고는 유연하면서도 빠른 걸음으로 사라졌다.

시간이 늦었다는 생각이 문득 들어서, 다음 버스를 타려고 뛰었다. 버스를 탔더니, 내가 통로를 지나가자 승객들이 물러섰다. 나한테서 오래된 쓰레기통 냄새가 났기 때문이다.

집에서는 내가 늦었다는 걸 아무도 모르는 눈치였다. 나는 식구들의 의심을 사지 않고 청바지를 세탁기 깊숙이 쑤셔 넣었다.

그 뒤로는 시간이 어찌나 느릿느릿 흘러갔던지, 꼭 나를 놀리는 것 같았다. 간신히 저녁이 지나고 밤이 왔지만, 나는 한 시간에 한 번씩 눈을 떠 라디오 알람 시계를 확인했고, 다음 날 수업에 들어갔다……. 샤를리를 만난 뒤로 내 생체 리듬은 갑자기 빨리 흘러가게 됐는데, 반면에 내 주변의 모든 것은 슬로 모션으로 돌아가는 것 같았다.

마침내 해가 셨고, 내가 탄 버스도 약속된 정거장에 섰다. 또 숨이 차고, 손이 떨렸다. 내가 대체 왜 이러나 싶어서 의아해하고 있는데 샤를리가 나타났다.

샤를리는 이번에는 후드를 쓰지 않은 채로 나에게 미소를 지었다. 그러는 그 애가 정말 예뻐 보였다.

그날 저녁, 우리는 광고판 다섯 개를 '지웠다'. 샤를리가 고등학교 3학년이고, 남들보다 1년 빨리 문과 대학입시를 준비 중이며, 수요일과 토요일마다 서커스 학교에 다닌다는 것도 알게 되었다. 샤를리는 자기 가족과 운동가 그룹 친구들에 대해서도 말해 주었다. 릴 출신들이 주축이 되어 만든 그 그룹에서 광고 청소부 협회를 만들었다고 한다. 일부는 광고판을 더럽히며 광고 반대 문구를 쓰고, 일부는 포스터를 뒤집어서 자유로운 표현 공간으로 만든다고 했다. 샤를리는 법학 공부를 한 다음에 정치판으로 뛰어들고 싶다고 재잘재잘 이야기했다. 지방 자치단체에서 시작해서 중앙 정부까지 가고 싶다는 거였다. 그 애는 야심만만하고 생동감이 넘쳤고, 정치, 경제, 사회에 대해 아는 게 나보다 훨씬 많아서, 나는 서투르고 무식하게 보일까 봐 한 마디도 하지 못했다. 내가 인터넷에서 보고 이제 겨우 막연하게 이해하기 시작한 것들을 샤를리는 이미 다 흡수하고, 소화하고, 이해했다. 그 애는 한 학년 월반했고 나는 유급했으니, 사실 나보다 겨우 한 살 많았는데 말이다.

그날 저녁, 엄마는 왜 이틀 연속으로 늦게 들어왔냐고 물었다. 나는 버스를 놓쳤다고 거짓말을 했다. 하지만 다음주에도 방과 후에 계속 샤를리를 만나고 늦게 들어갔더니 엄마가 이렇게 말했다.

"너 또 시작이니?"

내가 무슨 말인지 못 알아들으니까, 엄마가 정확히 짚어 줬다.

"여자 만나고 다니는 건 아니지? 작년에 겪을 만큼 겪었잖니!"

그 뒤로 며칠, 몇 주가 지나면서, 샤를리는 내 삶의 중심이 되었다. 내 삶 전체를 차지해 버린 거다. 이제 매일 그 애와 함께하는 30분보다 더 중요한 건 아무것도 없었다. 그 시간 동안 나는 그 애의 말에 귀를 기울이며 광고를 망가뜨리고, 포스터 문구를 바꿔 놓고, 버스 옆면에 그림을 그렸다. 그 애 옆에 있으면 정말 살아 있는 기분이었고, 내가 누구인지, 무엇이 되고 싶은지 매일 조금씩 알아 가는 것 같았다.

샤를리는 2월 방학 때 나한테 부모님을 소개해 주었다. 새로운 충격이었다. 샤를리 부모님은 우리 엄마 아빠 연배였지만, 공통점이라고는 그것뿐이었다. 훨씬 젊어 보였고, '부모'처럼 옷을 입지 않았고, '부모'처럼 말을 하지도 않았고, '부모'처럼 딸을 대하지도 않았다. 샤를리의 '불법' 행위에 대해 알고 있었을 뿐만 아니라, 샤를리를 지지했고, 같은 운동가 협회 소속이기도 했다.

나와는 다른 세계였다. 처음 만나자마자, 나는 본토로 돌아온 뒤부터 내 삶을 뒤죽박죽으로 만들었던 문제들에 대한 답을 그 세계에서 찾을 수 있을 거라는 확신을 갖게 됐다.

한 주일 후, 나는 부끄러워하며 엄마 아빠가 없는 틈을 타서 샤를리를 집으로 데려왔다. 광고 반대 블로그를 만든 다음, 외할머니를 따라 여름 세일에 갔을 때 가게에 붙어 있던 문장을 참조해서 '다 없어져 버렸으면'이라는 이름을 붙일 계획이었다. 샤를리가 도와주겠다고 하기에, 먼저 우리 식구들의 끔찍한 프로필을 알려 주었다. 내가 어떤 환경에서 살고 있는지 알게 되면 십중팔구 충격을 받을 테니까, 미리 조금이라도 완화해 놓자는 생각이었다.

"너네 집 좋다!"

그 애가 집에 들어오면서 진심으로 말했다.

곧바로 긴장이 풀어졌지만, 샤를리가 이층 층계참에서 리디와 마주치는 순간, 얘기가 달라졌다. 리디는 머리끝부터 발끝까지 분홍색으로 휘감고, 손가락과 귀에는 금빛 액세서리를 주렁주렁 달고, 목에는 휴대폰을 걸고, 머리에는 반짝이 핀을 꽂고 있었다. 그야말로 살아 있는 악몽이었다.

"네 동생 귀엽다!"

내 방으로 들어온 다음, 샤를리는 이렇게만 말했다.

인생은 정말로 아름답다!

한 시간 후, 모니터 앞에 앉아 블로그를 만들다가 내가 모든 걸 망치지만 않았더라도, 인생은 쭉 아름다웠을 것이다.

나는 집에 오면서부터 샤를리한테서 눈을 뗄 수가 없었다. 머리카락을 쓸어 올리는 손길, 새하얀 이로 아랫입술을 깨무는 버릇, 머리를 뒤로 젖히며 웃을 때마다 팽팽히 당겨지는 길고 가는 목, 뭐라 정의 내릴 수 없는 스타일의 헐렁한 옷을 입은 그 애는 내 눈에 완벽했다. 완벽 그 이상이었다. 결국 내 의지보다 더 강하게, 더 재빠르게 사건이 터졌다. 작업을 하다가 샤를리가 내 쪽으로 얼굴을 돌렸다. 밤마다 남몰래 꿈꾸던 그 하늘색 눈을 보는 순간, 나는 그 애의 얼굴을 두 손으로 감싸고 그 입술에 내 입술을 갖다 댔다.

샤를리는 깜짝 놀라 벌떡 일어났다. 마치 모르는 사람인 양 나를 쳐다보더니, 늦어서 가 봐야겠다고 중얼거리며 방에서 나가 버렸다.

나는 닫혀 있는 문에 머리를 박았다. 서른두 번, 세어 보기까지 했다. 현기증이 나기 시작할 때까지 계속하다가 멈추고, 침대로 쓰러졌다. 창피하고 후회스러워서 죽고 싶었다.

그다음 날도, 그다음 날도 샤를리는 보이지 않았다. 그다음 주도 마찬가지였다. 봄이 왔지만, 샤를리는 내 문자에 답하지 않았고, 전화도 받지 않았다.

블로그가 열려 있었으니 가끔씩 그 애가 들어와 봤으면 했다. 사실, 그럴 거라는 확신이 있었다. 모든 일에 싫증이 났지만, 계속해서 새 글을 올리고, 광고 반대를 외치는 글을 쓰고, 내가 어떤 일을 실행에 옮기는지 묘사했다. 이제는 혼자였지만, 샤를리를 위해서, 그 애가 알아 줬으면 해서, 계속 거리에서 광고를 지우고 있었기 때문이다. 샤를리가 페인트를 뒤집어쓴 포스터 앞을 지나가게 될 때 내 생각을 했으면 했다. 아파하고 그리워하면서, 나를 원했으면. 나는 내 '모험'을 휴대폰 카메라로 찍어서 올렸다.

그러다 보니 학교 음료수 자판기를 '지워' 그 애에게 깊은 인상을 주고, 내게 돌아오도록 만들어야겠다는 생각을 하게 됐다.

교내에서 설탕 첨가 음료 판매가 금지된 뒤로, 자판기에서는 사과랑 물만 나왔다. 하지만 기계 곁에는 아직도 파란색 빨간색 하얀색 펩시 상표가 붙어 있었고, 옆면에는 커다란 펩시 캔이 그려져 있었다.

나는 카라에게 내 휴대폰으로 동영상을 찍어 달라고 부탁했다. 그 애는 나를 포함해 모든 것에 무관심한 태도를 유지하면서도 부탁을 들어줬다. 나는 복면을 한 채, 자판기를 위에서부터 아래까지 완전히 까맣게 칠한 다음, 하얀 벽에다가 빨간 글씨로 '광고 폭력은 이제 그만!'이라고 썼다.

그날 저녁, 블로그에 그 동영상을 올렸다. 다음 날 아침, 바로 교장실로 불려가 1주일 정학을 먹었다. 교장 말을 그대로 옮기자면, 우리 부모님이 '우리 학교 교사진의 훌륭하고 뛰어난 일원들'이라서 특별히 관대한 처분을 내렸다는 것이다.

집에 돌아오자, 식구들이 흥분해 있었다. 정학 때문이라고 생각했지만, 경찰차 한 대가 도착한 걸 보니, 뭔가 더 심각한 일이 일어났다는 생각이 들었다.

집에 도둑이 든 것이었다. 대낮에, 그것도 이웃들 앞에서.

평면 텔레비전이 없어졌고, 오디오 시스템, 컴퓨터, 디브이디 플레이어, 은식기, 은행 금고에 보관하지 않은 엄마의 보석 몇 점, 아침에 안 차고 간 내 시계, 디자이너 램프 두 개, 크리스털 샴페인 잔 넷, 겨울 세일 때 엄마가 산 크롬 도금 마지믹스 만능조리기, 값비싼 동양 양탄자 하나도 사라졌다.

아빠는 창백한 얼굴로 경찰관들과 얘기를 하고 있었고, 엄마와 리디는 난데없는 봉변에 눈물을 흘리고 있었다. 나는 이 강도 사건 덕에 심각한 말다툼을 모면하게 됐다는 생각을 떨치지 못하면서 내 방으로 올라갔다. 방은 구석구석 안 뒤진 데가 없었다. 책상 서랍은 비어 있었고, 침대가 뒤집혔고, 서랍장에 들어 있던 물건은 바닥에 쏟아져 있었다(내가 몰래 모아 둔 '플레이보이' 잡지들까지 있었다. 혹시 엄마 아빠가 이걸 볼 겨를이 있었을까 고민하며 황급히 다시 숨겼다).

위아래가 뒤바뀐 침대에 앉아, 이 전쟁터를 둘러보았다. 우리가 없는 틈을 타서 낯선 사람들이 우리 집에, 내 방에 들어왔다고 생각하니 불쾌했다. 그렇지만 이상스럽게도 덤덤했고, 의아하게도 가볍고 무감각한, '초연한' 기분이 들었다. 그런데 일층에서 충격에 빠져 있는 엄마 아빠와 리디를 다시 생각하자니, 알베르 코세리의 소설 『거지들과 오만한 자들』에 나오는 내용이 떠올랐다.

사물에는 잠재적인 불행, 그것도 무엇보다 최악인, 잠자고 있는 불행의 씨앗이 숨어 있다. (……) 고하르에게는 아무 장식도 없는 방은 곧 절대적인 아름다움을 의미했고, 그는 그 방에서 낙천주의와 자유의 공기를 들이마셨다. (……) 아무것도 없는 곳에는 제아무리 폭풍우가 휘몰아쳐도 끄떡없다. 고하르의 초연함은 이렇듯 완벽한 무소유에 연유한다. 빼앗길 여지가 아예 없었던 것이다.

다른 말로 하자면, 우리 모두는 우리가 가진 것들에 매여 있고, 자유롭다는 것은 아무것도 소유하지 않는 것이다.

13

두 주가 지나고 나서, 나는 학교 도서실에서 프랑스와즈 선생님에게 이메일을 썼다.『거지들과 오만한 자들』구절과, 행복의 조건일 수도 있는 무소유가 머릿속을 떠나지 않았다. 나는 선생님에게 이렇게 물었다.

행복해지려면 모든 것을 버려야 할까요? 수도승 같은 삶을 살아야 할까요? 제가 정말 그러고 싶은지 잘 모르겠어요! 전 열여섯 살이고, 선생님 말씀처럼 앞날이 창창한데, 그럴 용기가 없어서 겁이 나요. 우리가 살고 있는 세상에 대해 자각하기 전에는 더 행복했어요. 하지만 행복이 목적이 되어야 할까요? 부모님처럼 살기는 싫어요. 아무짝에도 쓸모없는 물건들이나 사 모으고, 사기 위해서, 소유하기 위해서, 다른 사람들에게 내가 뭘 가졌는지 보여 주기 위해서 살고 싶지는 않아요! 제가 정말 원하는 게 뭔지 이젠 잘 모르겠어요. 어떤 때는 바보 같은 친구들, 바보 같은 잡지, 바보 같은 연속극,

바보 같은 옷으로 가득한 옷장, 바보 같은 휴대폰에 모아 둔 바보 같은 벨소리만으로도 너무나 잘 지내는 동생이 부러워요. 걔 때문에 부끄럽긴 해요. 그래도 걔는 행복해 보이는데 저는……

휴대폰 진동 때문에 문장을 쓰다 말았다. 문자 메시지였다. 확인하는 순간, 내 심장이 쿵쾅거렸다.

토요일 : 파리에서 대규모 작전.
언론에도 알렸으니 밀어붙일 것.
전원 참석 요망. 릴 유럽 역 안내소.
오후 2시 집합. 꼭 나와. 샤를리.

나는 새빨간 거짓말을 지어내서 모두를 속이는 데 성공했다. 그 결과, 다음 토요일 오후 1시 30분, 나는 릴 유럽 역에서 초조하게 발을 동동거리고 있었다.

온갖 상상을 다 해 봤고, 가능한 시나리오는 다 생각해 봤다. 처음에는 샤를리가 도착하자마자 내 품에 뛰어들면서 너무 보고 싶었다고 말하는 모습을 상상했다. 그다음에는 조금 더 가능성 있는 시나리오로, 머뭇거리면서도 긴장된, 하지만 감동적인 재회를 머릿속으로 그려 보았다. 10분은 족히 지난 다음에야 겨우 서로 와락 끌어안고 키스를 나누는 재회 말이다. 그러고 나서는 전속력으로 달리는 파리행 테제베 안에 나란히 앉아, 격렬한 욕망에 사로잡혀 입술을 포갠 채로 꼭 붙어서, 다른 승객들이 있는데도 아랑곳하지 않고 서로의 몸을 더듬는 우리를 상상했다. 고백하자면, 화장실에 숨어서 뜨겁게 사랑을 나누는 모습까지도 그려 보았다.

상상 속의 나는 잘생기고 키가 큰 데다 재치까지 갖춘, 저항할 수 없는 매력이 있는 남자였다. 어찌 됐든, 연락을 해 온 건 샤를리였으니까! 나한테 먼저 문자 메시지를 보냈으니까! 저항할 수 없는 매력……

1시 55분, 샤를리가 도착했지만 혼자가 아니었다. 그 애의 아빠도 함께 왔는데, 나와 따뜻하게 악수를 나눴다. 내가 모르는 친구들도 있었다. 스무 살쯤 된 여자 둘, 사십대로 보이는 여자 하나, 초록색 눈에 키가 큰 금발 남자 하나였다.

샤를리와 나는 뺨에 살짝 입을 맞추는 인사를 나눴다. 그 애의 눈을 다시 보자, 나는 또 황홀경에 빠졌다. 내 마음을 좀체 숨길 수가 없었다. 고작 몇 주 못 봤을 뿐인데도 샤를리는 내 기억 속에서보다 훨씬 아름다웠다. 발랄하고 지적이면서도 너그러운 모습에서 환하게 빛이 났다. 잠깐 사이에 할아버지의 얘기가 떠올랐다. 장차 아내가 될 여자, 내가 태어나기 전에 세상을 떠난 우리 할머니를 처음 만난 이야기였다. 내가 노인이 되어, 손자들한테 지금 이 순간을 얘기해 주고 있는 광경이 보이는 것 같았다. 하지만 나는 갑자기 현실로 돌아왔다. 샤를리가 초록색 눈에 키가 큰 금발을 가리키며 나에게 말했기 때문이다.

"위고, 다비드를 소개할게. 다비드, 이쪽은 위고."

다비드는 스물다섯 살이었다. 키가 훤칠하고, 금발에 초록색 눈, 대단히 호감 가는 인상에다가 매력적이기까지 했다. 낮으면서도 열정적인 목소리에, 악수할 때는 힘과 신뢰가 느껴졌다. 특히 눈빛이 샤를리처럼 날카로워서, 둘은 너무나 잘 어울렸다. 두 사람을 보니, 나는 몸이 불편해지기 시작했다.

기차에 타자마자 화장실로 달려갔다. 배 속에서 경련이 너무나 심하게 일어서 눈물이 나왔다.

진정이 된 다음 일행에게 돌아가 보니, 여섯 명이 더 늘어나 있었다. 샤를리가 자기와 다비드 옆에다가 내 자리를 맡아 놓고 있었다. 두 사람은 나에게 일정을 알려 주고, 전국에서 모인 운동가 수백 명이 동시에 어느 역에서 광고 '청소'를 하게 될지 설명해 주었다. 또, 포스터만 공격하고, 파리교통공사에 속한 물품은 절대 건드리면 안 된다는 행동 지침도 알려 주었다. 사람들이 우리 행동을 불법 폭력 행위로 생각해서는 안 되기 때문에, 감시 카메라가 있어도 맨 얼굴로 행동해야 하기 때문이라고 했다.

나는 가끔씩 고개를 주억거리면서 두 사람 얘기를 듣는 척했지만, 사실은 마음이 아프고 창피해서 다른 데 신경 쓸 여유가 없었다. 샤를리와 딱 붙어 앉아 있는 이 다비드라는 작자에 비하면, 나는 성인 사이트를 띄워 놓고 컴퓨터 앞에 앉아, 아니면 벗은 몸을 드러낸 여자들이 야한 포즈를 취하고 있는 잡지를 한 손으로 뒤적거리면서 흥분하는 어린애 같은 기분이었다.

파리에 도착하자, 모든 게 정신없이 진행됐다.

지하철 4호선을 타고 스트라스부르 생드니 역부터 시작했다. 샤를리 아빠는 여분의 페인트 스프레이를 가져와서, 미처 챙기지 못한 사람들에게 나눠 주었다. 우리는 지하철 승객들 틈으로 돌진해 벽을 뒤덮고 있는 포스터들에다 미친 듯이 낙서를 하고, 광고 문구를 '광고는 시각 공해, 광고를 추방하자', '광고=환경 오염' 같은 슬로건으로 바꿔 놓았다. 승객들은 그 모습에 경악했다.

기차 안에서는 기분이 한없이 바닥을 파고드는 것 같더니, 이젠 흥분으로 몸이 떨렸다. 흥분을 느낌으로써, 샤를리와 다비드를 잊고, 행동에 빠져들고, 나 스스로에게서 벗어나야 했다. 나는 일행 중에서도 가장 들떠서, 포스터 한 장을 망쳐 놓을 때마다 환성을 질렀고, 다른 사람들보다 두 배로 일했다.

잽싸게 행동하고, 가능한 한 자주 역을 옮겨야 했다. 파리 시내 곳곳에서 광고 청소부들, 도배꾼들, 광고 철거자들이 우리와 같은 일을 벌이고 있다고 상상하니, 무슨 일이든 할 수 있을 것 같았다. 행동이 내 모든 의문에 답을 줄 수 있는 걸까? 생각은 그만두고 행동을 해야 하나?

그다음에 일어난 일들은 마치 영화처럼 머릿속에서 재생된다.

레퓌블리크 역. 16시 10분.

샤를리가 나를 뚫어져라 쳐다본다. 세상이 그 애의 파란 눈 속에 들어 있다.

"키스해 줘, 위고."

잘못 들었나 싶다.

"이번에는 내가 너한테 요구하는 거야. 키스해 줘, 위고."

"다비드는?"

"다비드? 다비드가 뭐?"

"어, 그게…… 다비드랑 너……"

샤를리의 얼굴에 미소가 번진다.

"바보! 다비드는 우리 사촌오빠야! 키스해 줘…… 빨리!"

몸이 떨리고, 숨이 가빠 온다. 그 애의 얼굴 쪽으로 다가가 입을 맞춘다. 그냥 내 입술을 그 입술 위에 포개 놓자, 그 애가 다가와서 내 입속으로 혀를 밀어 넣는다. 이게 우리의 첫 키스다. 지난번에 서툴게 훔친 키스는 셈에 넣지 않는다. 이게 내 첫 키스다. 전에 다른 세상에서 한 키스가 있기는 하지만, 이게 내 생애 첫 키스다. 이 지하철 통로에서 평생 샤를리의 숨결로 호흡하면서, 그 애의 온기에서 양분을 얻으면서, 그 애의 침을 물 삼아 마시면서 살 수도 있을 것 같다. 이대로 여기서 죽어도 좋을 것 같다.

우리의 입술이 떨어진다.

"오늘 서약한 거야. 변하지 마. 절대 변하지 않겠다고, 절대 굴복하지 않겠다고 약속해 줘."

샤를리가 속삭인다. 그 애의 숨결이 내 살갗을 간질인다.

"맹세해, 샤를리."

"양보는 안 돼, 위고, 항복도 안 돼. 절대로. 세상은 우리 거야. 우리 인생은 우리 거라구. 우린 변할 권리도 없고, 포기할 권리도 없고, 늙을 권리도 없어."

그 애의 눈이 빛나고 있고, 입은 아직도 반쯤 벌어져 있다. 또 키스하고 싶어 죽을 지경인데, 누군가 경고 신호를 보낸다. 우리는 재빨리 승강장 쪽으로 달려간다.

나는 불타오른다. 날아오른다. 방금 샤를리와 한 서약을 깨는 일은 절대 없을 것이다. 사랑의 서약이자 경각심의 서약이다. 내 신념이 방에다 붙여 놓고 잊어버린 오래된 포스터 신세가 되는 일은 결코 없을 것이다. 샤를리에게 맹세하면서 나 스스로도 다짐을 했다.

나는 노키아 광고 하나, 갈르리 라파이에트 백화점 포스터 하나

를 지운 다음, 비텔사 음료 자판기에다가 '**NO LOGO!**'라고 휘
갈긴다. 실수다. 교통공사 시설을 훼손했으니, 고소될 수도 있다.

누군가가 '짭새다!' 하고 외친다.

자판기 작업을 마무리하고 있는데, 기동화 소리가 들린다. 제복
을 입은 경찰 세 명이 어디선가 나타나 승강장 위로 뛰어 올라온다.

"위고, 도망가!"

샤를리가 소리친다.

스프레이를 버리고 뛰기 시작한다. 샤를리는 벌써 역 안쪽 통로
로 뛰어들고 있다. 경찰들이 나를 쫓아오면서 멈추라고 명령한다.
나는 보폭을 넓혀 어느 통로 오른쪽으로 꺾어 들어간다. 계단을
몇 개씩 건너뛰면서 급히 올라간다. 왼쪽으로 돌아 에스컬레이터
를 거꾸로 올라간다. 사람들이 소리를 지른다. 위쪽에 도착한 다
음, 오른쪽으로 돌아 통로로 들어간다. 발소리는 계속 나를 따라
온다. 뒤를 돌아본다. 경찰 한 명이 가까이에 있다. 나는 발이 미
끄러져 넘어진다. 경찰이 나에게 달려들더니 오른쪽 옆구리를 발
로 찬다.

"얼간이!"

아파서 소리 지른다.

두 번째 발길질에 숨이 턱 막힌다.

이튿날 아침, 아빠가 와서 경찰서에서 꺼내 주었다. 경찰들은 내가 갇혀 있던 방을 주취자 보호실이라고 불렀다. 분명 반성하라는 뜻으로 아침까지 기다리다 온 거겠지. 아빠 뜻대로 되진 않을 거다.

차를 타고 파리에서 봉뒤까지 오는 동안, 아빠는 내내 한 마디도 하지 않았다. 그러더니 집 앞에 다 와서, 짜증 난 목소리로 입을 열었다. 절도 사건을 연상시키는 한 마디였다.

"고맙다, 위고. 이런 일까지 보태 줄 필요는 없는데 말이야!"

지금부터 두 시간 전, 아침 식사가 끝나고 나서야 격렬한 말다툼이 벌어졌다.

엄마 아빠와 나는 부엌에 있었다. 엄마 아빠는 너그럽고 침착한 척했지만, 화가 나고 걱정돼서 미칠 지경인 게 눈에 보였다. 우리는 정학에 대해, 엄마 아빠가 알게 된 내 블로그에 대해, 내 방에 숨겨진 페인트 스프레이에 대해 이야기했다. 엄마가 이렇게 물었다.

"대체 왜 이래? 뭐가 문제니, 위고? 불행해? 아빠랑 엄마는 할 수 있는 건 다 해 주잖아, 너도 알지?"

나도 알고 있었다.

"내가 이상한 게 아냐. 세상이 이상한 거라고."

내가 말했다.

이 말을 뱉는 순간, 적절한 말이 아니고, 진부하다 못해 우습게

165

들리는 말이라는 걸 알아차렸다.

아빠가 한숨을 쉬었다.

"우리도 네 나이 때는 세상을 바꾸고 싶었어, 위고! 언젠가는 너도 알게 될……"

아빠가 다 이해한다는 듯 이렇게 말을 꺼내자마자 나는 폭발했다.

"아니! 절대! 절대 엄마 아빠처럼 되진 않을 거야!"

내가 악을 썼다.

짜증 내지 않고, 어른스럽게 굴 수 있으면 얼마나 좋을까. 딱 맞는 말을 찾아내서, 내 의견과 신념을 진지하고 자신 있는 목소리로 차근차근 설명할 수만 있다면 좋을 텐데. 하지만 나는 말을 더듬고, 횡설수설하고, 버릇없이 삐딱하게 굴기 시작했다. 어른들이 좌지우지하는 세계에 갇힌 무력한 내 신세라니, 분해서 울고 싶었다.

바로 그때, 아빠가 걱정과 분노, 도발, 경멸, 실망과 애정이 적절하게 뒤섞인 목소리로 물었다.

"아니, 대체 뭐가 되려고 이러냐, 위고? 널 어쩌면 좋겠냐? 말해 봐라, 좀 들어 보자! 앞으로 뭘 하고 싶냐?"

목욕물이 다시 차가워졌다. 곧 욕실에서 나가 상을 차리고 부모님과 동생과 함께 점심을 먹어야 할 시간이다. 여느 일요일과 마찬가지로. 아니, 여느 일요일은 아니지! 나에겐 앞으로 여느 일요일 같은 일요일은 없을 것이다. 있다 하더라도 겉보기에만 그럴 뿐이다. 샤를리가 괜찮냐며 걱정하는 음성 메시지를 남겼다. 시간이 없어서 문자를 보냈다.

갈비뼈는 좀 아프지만 괜찮아.
시간 나면 전화할게. 항복은 안 해,
맹세해. 사랑해. 위고.

마침내 아빠에게 대답할 말을 찾았다.
달 위를 걷고, 매일 사랑을 나누고, 여자늘의 사랑을 받는 스타가 되고, 배로 세계 일주를 하고, 모든 암을 예방할 수 있는 백신을 개발하고, 말을 받아치는 재주를 얻고, 아버지가 될 용기를 갖고 싶다고 대답할 수도 있겠지……. 하지만 진짜 대답은 더 단순하면서도 더 복잡하다. 나중에, 나는 자유로운 사람이 되고 싶다.

옮긴이의 말

"행복해지려면 모든 것을 버려야 할까요?"

이 책을 번역하던 중 이 질문과 맞닥뜨렸을 때, 나도 모르게 가슴이 철렁 내려앉았다.

이 질문을 던진 사람은 이 책의 주인공 위고이다. 위고는 여느 청소년들과는 다른 경험을 통해 자신의 인생관을 확립해 나간다. 부모님의 전근 때문에 친숙한 세계를 잠시 뒤로하고 마요트라는 신세계를 만나고, 그곳에서 알게 된 자이나바와 짧은 불장난을 저지르기도 하고, 결국 그 일 때문에 쫓기듯 본국으로 돌아온다. 막상 돌아와 보니 친숙한 세계는 더 이상 친숙하지 않았다. 마냥 풍요롭게만 보이던 본국에서의 삶이 텅 비어 보이고, 늘 부족하기만 했던 마요트에서의 삶이 오히려 소중하게 느껴졌다. 결국 위고는 물질만능주의와 맞서기로 결심하고 싸움에 뛰어든다.

위고처럼 파란만장하지는 않았어도, 돌이켜 보면 나의 청소년기 또한 그 나름대로 많은 고민과 분노로 가득한 시기였다. 겉보기에는 조용하고 얌전한 학생으로 행세했지만, 마음속은 세상의 부조리와 불합리로 인해 늘 활화산처럼 부글부글 끓어올랐다. 그렇다고 해서 직접 나설 만한 용기는 없었다. 그저, 지금은 어리니까 조금만 기다리자, 대학에 들어갈 때까지만 참아야지, 어른만 되어 봐라, 모든 것을 다 뜯어고치겠어, 하고 다짐하곤 했다.

하지만 다짐은 오래가지 않았다. 막상 대학에 들어가고, 어른이 되니 또 당장 눈앞의 일들에 급급한 나머지 예전의 결심을 돌아볼 겨를이 없었던 것이다. 문득 정신을 차리고 보니, 어느덧 나는 위고의 할아버지처럼 포인트를 쌓기 위해 필요도 없는 물건을 구입하고, 위고의 외할머니처럼 백화점 세일 때면 무엇 하나라도 건져 보겠다며 사람들 속에 끼여 있는 어른이 되어 있었다. 분노는 실망으로, 열정은 적당주의로 변해 있었다. 너무 오랜 시간을 휴화산으로 살아온 것이다.

"행복해지려면 모든 것을 버려야 할까요?"

답은 위고의 변화에서 찾을 수 있을지도 모르겠다. 해답은 이 책을 읽는 각자의 몫으로 남기고, 내 인생에서 무엇을 비우고 무엇을 채울지 더 고민해 봐야겠다. 그리고 지금 여기에서 내가 할 수 있는 일이 무엇일지 생각해 봐야겠다.

2011년 봄

윤예니

초판 1쇄 발행 | 2012년 2월 10일
개정판 1쇄 발행 | 2025년 11월 10일
지은이 | 미카엘 올리비에
옮긴이 | 윤예니
펴낸이 | 최윤정
만든이 | 김민령 안의진 유수진
펴낸곳 | 바람의아이들
등록 | 2003년 7월 11일 (제312-2003-38호)
주소 | 03035 서울특별시 종로구 필운대로 116 (신교동) 신우빌딩 501호
전화 | (02) 3142-0495 팩스 | (02) 3142-0494
이메일 | barambooks@daum.net
인스타그램 | @baramkids.kr
트위터 | @baramkids
제조국 | 한국

www.barambooks.net

Tout doit disparaître
By Mikaël Ollivier

© Editions Thierry Magnier, 2007
All rights reserved.
Korean translation copyright © 2025 by barambooks
Korean translation edition is published by arrangement with Editons Thierry Magnier.

이 책의 한국어판 저작권은 Editions Thierry Magnier와 독점 계약한 바람의아이들에 있습니다. 저작권
법에 의해 한국 내에서 보호를 받는 저작물이므로 무단전재와 복제를 금합니다.